일러두기

이 책에 등장하는 일부 인명은 실명이 아닌 가명으로 표기하였으며,
실제 업무는 글의 특성에 맞게 각색하였습니다.

그놈의
소속감

슬기로운 조직 문화를 위한 위트 있는 반격
그놈의 소속감

1판 1쇄 인쇄 2019. 8. 1.
1판 1쇄 발행 2019. 8. 10.

지은이 김웅준

발행인 고세규
편집 길은수 | **디자인** 유상현
발행처 김영사
등록 1979년 5월 17일(제406-2003-036호)
주소 경기도 파주시 문발로 197(문발동) 우편번호 10881
전화 마케팅부 031)955-3100, 편집부 031)955-3200 | **팩스** 031)955-3111

값은 뒤표지에 있습니다.
ISBN 978-89-349-9782-5 03810

홈페이지 www.gimmyoung.com   블로그 blog.naver.com/gybook
페이스북 facebook.com/gybooks   이메일 bestbook@gimmyoung.com

좋은 독자가 좋은 책을 만듭니다.
김영사는 독자 여러분의 의견에 항상 귀 기울이고 있습니다.

이 도서의 국립중앙도서관 출판예정도서목록(CIP)은 서지정보유통지원시스템 홈페이지
(http://seoji.nl.go.kr)와 국가자료공동목록시스템(http://www.nl.go.kr/kolisnet)에서
이용하실 수 있습니다. (CIP제어번호: CIP2019027885)

김응준

그놈의 소속감

슬기로운 조직 문화를 위한 위트 있는 반격

김영사

저는 대한민국 공무원 스티브입니다

나는 '스티브'라고 불리는 4년 차 공무원이다. 스티브는 아메리칸 스타일로 일한다며 선배 사무관이 지어준 별명이다. 순종적인 태도로 회사를 다니지 않고, 회식은 가능한 한 멀리하며, 출퇴근시간을 칼같이 지켜서 그렇게 불린다. 그 선배는 아침잠이 없는 걸까. 매일 아침 8시에 출근해서는 9시에 도착하는 내게 "왔어? 스티브"라며 꼭 큰 목소리로 인사한다. 평소에 나를 부를 땐 이름 뒤에 직급을 붙여 부르지만 자기 기준에 못마땅한 상황이 펼쳐진다 싶으면 스티브라고 부른다. 내가 오후 6시에 딱 맞춰 퇴근할 때도 "잘 가~ 스티브"라는 인사를 빼먹지 않는다. 아무튼, 미국에는 한 번도 안 가봤으면서 그러고 있다.

사람을 싫어하진 않지만 가능하면 일만큼은 혼자 하고 싶다. 조직은 안락함을 주는 대신 인간에 대한 냉소를 유발하는 것 같다. 사실 밥을 먹더라도 다 같이 소고기를 구울 바엔 나만의 한 그릇이 보장되는 갈비탕을 선호한다. 사랑하는 사람과는 산책이나 하며 가벼운 이야기를 주고받고 싶지, 함께 일하고 싶지는 않다. 마음이 안 맞는 사람과 일하기란 괴로운 일이고, 좋아하는 사람과 일하다 서로 실망하는 상황은 더 괴롭다. 이해관계가 첨예하게 대립하는 상황에서 마음이 약해지는 내 모습이 싫고, 괜히 나섰다가 내 일 아닌 일까지 뒤집어쓰기도 싫다. 열심히 일할수록 더 열렬히 나를 갈아 넣어야 하는 조직의 현실을 경험하며 한동안 회의감에 휩싸였다. 허망을 느낀 정도는 아니다. 조직은 이런 곳이란 사실에 깜짝 놀랐을 뿐이다.

공무원, 지루하고 딱딱하고 수직적이고 폐쇄적일 것만 같은 직업. 일처리 방식도 비효율적이라 답답해 보이지만 직접 겪어보니 더 심각했다(웃음). 사실 그 선배가 나를 스티브라고 부르든 김 사무관이라고 부르든 별로 개의치 않는다. 그런 사람들과 나의 뇌구조는 아예 다르기 때문에 그들의 말과 행동에 반응하지 않는 편이 정신 건강에 유리하니까.

몇 가지 먼저 고백할 게 있다.

첫째, 나는 어머니를 닮았다. 어머니는 자기 비위는 자기가 맞추는 분이시다. 남이 나의 비위를 맞출 수 없다고 생각한다. 어머니는 패션 관련 일을 하시는데 일하는 방식도 마찬가지다. 남들 취향을 고민하다 결국에 이도 저도 아닌 결과물을 만드는 대신 자신이 잘 알고 좋아하는 것에 집중한다. 내가 어떤 색을 좋아했지? 날씨가 맑은 날은 어떤 옷이 내게 어울렸지? 아! 그때 이런 질감과 배색의 옷이 좋았지,라며 본인이 좋아했던 스타일을 집요하게 추적한다. 덕분에 어머니는 남다른 개성을 지녔고 전문 직장인으로 30년 가까이 일하고 있다.

공무원을 하면서 다시 한번 느꼈다. 내가 어머니를 닮았다는 걸. 공무원 조직은 나의 취향 대신 남의 취향 읽는 법부터 가르쳤다. 윗사람 입맛에 맞춰야 하는 보고서, 규율과 복종을 강요하는 조직 문화, 의전과 관행 등. 당연한 말이지만 나는 이런 일들이 불편했다.

둘째, 불면에 시달린 지 22일째다. 책 출간일이 정해지고 새벽녘이 되어서야 겨우 잠깐씩 잠에 들고 있다. '이 책이 세상 밖으로 나가 낡은 조직 문화를 새롭게 바꾸지 않을까' 하는 기대와 튀면 끝이라는 관료 사회에서 내가 정말 끝장날까 봐 두려워서…는 아니고, '하고 싶은 말을 남김없이 썼는가' 하는 개인적인 아쉬움 때문이다. 원래 속에 있는 말을 잘 참지 못한다. 이제 와 후회되는 일도 많지만 그것은 타고난 성격이다. 속으로 엎치락뒤치락 고민하는 대신 터놓고 이야기하는 편을 선택했다. 공무원이어서 하지 못했던 말, 공무원이라 하고 싶은 말을 썼다.

셋째, 나는 공무원이지만, 동갑내기 친구의 남편이자 곧 태어날 딸의 아빠이며 두 번째 책을 쓰고 있는 취미 생활자다. 요즘 내 일상은 매우 평범하게 흘러가고 있다. 그것이 가능한 이유는 (내가 제일 못했던 일이긴 하지만) 퇴근하고 거실에 앉아 오늘 하루 어떤 일이 있었는지 아내와 시시콜콜한 대화를 주고받고, 홀로 글을 쓰는 등 조직에서의 출세나 성공 대신 조직 밖에서 소소한 재미를 찾고 있기 때문이다. 의도한 바는 아닌데 덕분에 조직생활도 버텨가고 있다. 이것은 나로서도 아직 미스터리다.

내가 추측하는, 미스터리를 푸는 열쇠 하나.

자랑은 아니지만 내게는 인복이 있다. 요즘 유독 그렇다. 너무도 개인적인 사고방식을 지닌 내가, 조직에서 오래 버티지 못할 것 같던 내가, 오늘도 꾸역꾸역 출근할 수 있는 데에는 사무실 옆자리의 동료 공이 크다. 나와 한 팀을 이루는 이제 막 외동딸을 대학에 입학시킨 언제나 유쾌한 김 주무관님과 딸기잼이 잔뜩 발라진 식빵을 툭 던져주며 배고플 때 먹으라는 인심 좋은 황 주무관님. 팍팍한 회사생활에 보기 드문 훌륭한 동료를 만났다. 문득 그들에게 난 어떤 동료일지 궁금해지지만.

'이런 공무원도 있군' 하는 정도로 이 책이 읽히면 좋겠다. 또는 소파에 걸터앉아 더없이 편한 자세로 넷플릭스를 시청하듯 읽힌다면 더 바랄 게 없을 것 같다. 다만, 이 글을 쓰며 깊게 고민할 수밖에 없었던 것이 한 가지 있다. 가깝거나 먼 어딘가에서 묵묵히 일하고 있을 수많은 동료 공무원이 생각났다. 감히 그들을 어떤 한 가지 경향으로 일반화하는 것은 아닌지 말이다. 개인을 집단화해서 묶고 통치는 일을 좋아하지 않는다. 나와 비슷한 젊은 공무원들은 어떤 생각을 하며 일할지 궁금했다. 한편으론 '다 엇비슷하겠지'라고 결론을 단순하게 내리기도 했다. 각자의 자리에서 일하고 있을 모든 공무원은 저마다 다른 환경과 성격과 생각을 가질 거라 믿는다. 어쩌면 나는 나

의 생각을 소개하며 위로받고 공감받고 싶었던 모양이다. 일단
용기 내 쓴 다음 괜찮은지 묻고 싶다.

만국의 상사들이여, 사람은 시간을 앞서갈 수 없고 또 사람은 잔소리로 절대 변하지 않습니다. 제 경우에 소속감은 시간이 흐르거나 존경하는 윗사람을 만나면서 자연스레 생겼습니다. 그러니까 알아서 기를 수 있도록 내버려두십시오. 워크숍이나 젊은 직원과의 대화는 좀…. 그 소속감, 스스로 가능한 한 빨리 찾을 수 있도록 저도 노력해보겠습니다!

1

소오속감을
가지라고 하시면

내가 세상의 중심이 아니라는 것을 깨닫는 순간이 있다. 어린 시절에는 세상이 나를 위해 움직이는 줄 알았다. 하지만 나이가 들며 차츰 알게 된다. 세상은 나 없이도 잘 굴러가는 곳임을.

부모님께 유독 자주 들었던 말이 있다. "넌 정말 네가 하고 싶은 일은 다 하며 사는구나"라고. 어느새 대학을 졸업하고 취업 준비에 뛰어들었다. 조직의 일원으로, 즉 세상의 구성원으로 살아갈 준비를 하게 됐다. 나 하고 싶은 대로 산다는 그 말을 들어본 지 너무 오래되었다는 생각이 문득 든 순간, 나는 공무원이 됐다.

중앙부처의 젊은 공무원들은 대체로 오전 7시에서 8시 사이쯤 잠에서 깬다. 오전에 영어공부를 하거나 운동을 하고 오는 부지런한 사람도 있고, 멀리서 출근하느라 더 일찍 일어나는 사람도 있을 것이다. 9시에 딱 맞춰 출근하는 사람이 있는 반면 여전히 눈치 보느라 8시 30분 이전에 자리에 앉는 사람도 있다. 출근시간 30분 전에 오지 않았다고 눈치 주는 상급자는 이제 공직 사회에도 많이 사라졌지만 8시 30분까지는 사무실에 와주기를 바라는 상사도 여전히 존재한다.

9시부터 6시까지는 업무를 한다. 전화로 민원을 응대하는 시간이 의외로 업무 중 제법 큰 비중을 차지한다. 운전을 하다 갑자기 정부가 하는 일에 문제의식을 느껴 전화하는 분도 있고 개인사를 하소연하는 분도 있다. 타 부처나 공공기관 등에서 걸려오는 전화도 꽤 많다. 전화 통화는 길어지면 30분 혹은 한 시간까지도 이어진다. 전화 받고 회의에 참석하고 여기저기 불려 다니느라 정작 해야 할 일은 퇴근시간 이후에 하는 경우도 종종 생긴다.

별일 없는 날은 6시에서 6시 반 사이에 퇴근한다. 부서장이 먼저 퇴근하기를 기다렸다 순차적으로 퇴근하는 문화는 여러 부서에 여전히 남아 있다. 일이 있는 날은 간단히 저녁을 먹고 들어와 두세 시간 동안 남은 일을 처리하기도 한다. 가끔 현안이 터지면 강도 높게 야근하는 때도 있다.

초과근무수당 때문에 일부러 남아 있는 사람들도 상당수 눈에 띈다. 성향이나 보직에 따라 상이하긴 한데 야근하기 싫어하는 사람이라면 업무시간에 최대한 집중해서 야근을 거의 없앨 수도 있을 것 같다.

퇴근하면? 별거 없다. 가정이 있는 젊은 공무원은 집에 돌아가 집안일을 한다. 청사마다 어린이집이 있어서 아이와 함께 퇴근하는 공무원도 쉽게 볼 수 있다. 미혼인 공무원들은 퇴근하고 운동하거나 텔레비전를 보거나 휴식을 취한다. 의욕적인 젊은이들 중에는 외국어를 배우는 등 자기만의 취미생활을 즐기기도 하지만 주변을 보면 대부분 오래 가지는 못하는 것 같다. 아무래도 피곤하기 때문이다.

세종이나 대전 정부청사에는 서울 등 수도권에서 대학을 졸업하고 내려온 사람이 많다. 연고가 서울인 사람들은 금요일 퇴근하기가 무섭게 서울행 버스에 몸을 싣는다. 연고가 서울이 아니어도 지인을 만나거나 문화생활을 즐기기 위해 자주 서울로 올라 다니기도 한다. 그렇지 않은 사람들은 지역에 머무르며 여가생활을 즐긴다. 최근에는 같은 지역에 근무하는 사람들끼리 만나 결혼하고 그곳에 정착해가는 분위기다.

정부청사가 지방으로 내려오고 나서 공무원들이 맺는 인간관계의 폭은 상당히 좁아졌다. 같이 사는 배우자도 공무원, 퇴근하고 만나는 사람도 공무원, 어쩌다 주말에 장 보다 마주치는 사람도 공무원이다 보니 비슷한 사람만 계속 보게 되는 것이다. 일터와 삶터가 명확히 분리되지 않는 현실에 대해 공무원들 스스로도 피로를 호소한다. 비슷한 사람들끼리 어울리는 환경이 조성된 탓에 세상의 변화를 빠르게 따라가기도 쉽지 않다. 아무래도 유사한 생각과 생활 반경을 가진 사람들은 엇비슷한 관점을 갖기 때문이다.

회식은 생각보다 적다. 회식 때문에 스트레스 받는 공무원은 크게 줄어들고 있다. 술자리를 좋아하는 사람들은 그들끼리 알아서 모임을 가질 뿐, 억지로 회식을 강요하는 분위기는 아니다. 부서장의 성향에 따라 달라지기도 하나, 반드시 참석해야 하는 회식은 한 달에 많아야 두세 번 정도다.

　여기까지는 국가직 젊은 공무원의 일반적인 일상이다. 일과 삶 중 어떤 가치에 비중을 두느냐에 따라 업무 강도나 회식 횟수, 조직 내에서 맺는 인간관계 등은 달라질 수밖에 없다.

　승진이나 자리 욕심, 일에 대한 열정이 있는 젊은 공무원들은 기본적으로 야근을 한다. 주변 일까지 흡수하다 보니 일이 집중되는 경향도 있다. 중앙부처에는 다양한 연령대의 사람들이 함께 근무하는데 아무래도 젊은 친구가 의욕을 보이면 일이 몰릴 수밖에 없다. 회사에 머무르는 시간을 늘려야 조직으로부터 성실함을 인정받을 수 있기도 하다. 공직 사회에서 창의적인 아이디어로 성과를 창출하기란 대단히 어려운 일이어서, 자리에 앉아 있는 시간으로 조직원이 평가되는 것은 어쩌면 당연하다.

승진이 목표라면 회식의 횟수도 잦을 수밖에 없다. 조직 내에는 어느 부처든 승진에 유리한 자리들이 있다. 인사나 기획, 예산 그리고 과의 총괄 업무를 담당하는 자리가 승진을 앞당기는 대표적인 자리다. 외부에서 보이지 않는 보직 경로가 내부에 존재한다. 승진을 위해서는 A자리가 유리한데 A자리에 가기 위해서는 B자리를 거쳐야 하는 식이다. 그런 경로에 올라타려면 인사 소식에 밝아야 할 뿐만 아니라 평소에 평판을 잘 관리해서 직급을 불문하고 좋은 관계를 맺어두어야 한다. 적절한 타이밍에 자리를 꿰차고 들어가야 하기 때문이다. 네트워크를 쌓는 데 회식은 여전히 위력을 발휘한다.

선배들 중에는 후배 걱정이라며 '보직 관리'에 대해 틈나는 대로 설파하는 사람도 있다. 경우에 따라서는 자기 사람 관리 차원으로 보이기도 하고 결국은 열심히 일하라는 소리로 들리기도 한다. 승진은 개인이 선택할 문제에 가깝고 당사자가 가장 크게 고민할 일이기도 하다. 보직 경로를 알려준다고 해서 인사가 그렇게 흘러가는 건 아니니까.

내게도 그런 조언을 하는 선배는 많았다. 여기서 선배란 나이와 계급을 가리지 않는다. 은퇴를 앞둔 선배도, 나보다 몇 년쯤 먼저 들어온 선배도 비슷한 말을 했다. 틈날 때마다 어떤 자리는 꼭 경험해봐야 한다고 말했다. 처음에는 '저는 억지로 보직 관리를 해야 할 만큼 승진에 관심이 많지 않아요'라고 항변하고 싶었지만, 시간이 지날수록 굳이 입 밖으로 꺼낼 필요는 못 느꼈다. 서로의 사고방식이 완전히 다름을 깨닫기도 했고, 나에 대한 관심과 애정이라고 편하게 생각하니 크게 신경 쓰이지 않았다.

다만, 하나를 보면 열을 안다는 듯 승진을 대하는 태도가 그 사람의 전부인 양 판단하지는 않았으면 좋겠다. 위로 올라가기 위해 열을 올리고 모든 회식에 열성적으로 참석해야 성실하고 훌륭한 사람이라는 식으로 판단하는 건 좀 폭력적이라고 느껴진다. 나도 처음에는 조직이 요구하는 바에 충실해야 훌륭한 사람이라고 믿었다. 거기서 오는 안락감, 흡족함, 견실함도 있었다. 하지만 평생을 승진 경로에 올라타 경주하듯 살아가기는 어려울 것 같았다.

직장인이 되고 나서 학창 시절에 비해 여유가 생겼다. 도서관에 가는 대신 서점에 들러 책을 사서 볼 수 있는 정도의 경제적 여유를 갖게 됐다. 하지만 하루 종일 회사와 관련된 일에 시달리느라 막상 집에 오면 졸았다 깨고 텔레비전만 보다 다시 잠들기 일쑤였다. 사두고 읽지 않은 채 머리맡에 늘어가는 책의 양이 곧 내 삶에서 무용하게 흘러가는 시간의 합처럼 느껴졌다. 시간의 주인이 되지 못하는데 과연 성실하거나 만족스런 삶을 살고 있다고 자신 있게 말할 수 있을지 의문이 들었다. 시간을 주도적으로 사용하는 삶이 행복한 삶이라면, 인생의 중요한 가치 중에 승진이란 단어는 조금 내려놓을 필요가 있었다. 오히려 훌륭해지기 위해서라면 계산적으로 살다 경험하는 씁쓸한 뒷맛 대신 시간의 자연스런 질감부터 체감하고 싶었다.

사실 어떤 수준까지가 '워라밸'을 찾은 삶이고, 어느 정도까지가 '승진'에 목매는 삶인지 그건 아무도 정할 수 없다. 자기 삶을 찾으면서도 조직에 기여하는 사람이 있고, 업무는 완전히 손에서 놓는 방식으로 자기 삶을 찾는 사람도 존재하기 때문이다. 워라밸을 찾았느냐 못 찾았느냐의 구분은 지금 생활에 '만족'하는지 여부로 판단하면 알맞을 것 같다. 단순히 8시간 일하고 8시간 쉬고 8시간 잔다고 워라밸이 찾아지는 것도 아니다. 회사를 향한 불만은 하늘을 찌르면서 어쩔 수 없다며 회사생활에 올인하고 있다면 균형을 잃어버린 셈이다. 업무에 10시간,

---

* 워크 앤드 라이프 밸런스Work and Life Balance의 준말로 '일과 삶의 균형'을 의미한다.

11시간을 투자하고 2시간, 3시간 휴식하는 삶이라도 가족과 보내는 시간이나 자기 여가 시간을 통해 삶에 만족감을 누린다면 일과 삶 사이에서 균형을 찾았다고 말할 수 있을 것이다. 일과 삶이 분리되어 각자의 영역에서 자유로워지고, 타인에 의해 내 시간이 왜곡되지 않고, 그 과정에서 밝고 경쾌한 생각을 자주 할 수 있다면 워라밸을 찾은 삶인 것 같다.

자기 시간이 소중하다고 생각하는 젊은 공무원들은 저마다의 라이프스타일을 찾아간다. 일은 주어진 업무 위주로 처리하고 정해진 출퇴근시간을 칼같이 지킨다. 그중 능력까지 겸비한 젊은이들은 업무시간에 열심히 하는 정도만으로도 성과를 창출한다. 굳이 야근과 회식을 적극적으로 하지 않고도 개인의 능력에 따라 인정받을 수 있는 기회가 언제든 열려 있다는 점, 이것이 최근 들어 공직 사회의 가장 큰 변화다. 휴식을 적극적으로 장려하는 문화도 확산되고 있다. 워라밸을 찾겠다는 문화가 확산되면서, 젊은 공무원들이 공무원으로서의 의무에 소홀하진 않은지 걱정하는 사람도 있지만 아직까지는 공직 사회에 변화가 필요하다는 게 전반적인 분위기에 가깝다.

자유분방하고 호기심 많은 젊은 세대에게 딱딱하고 수직적인 공무원 사회는 여전히 어색하다. 젊은 동료들과 대화를 나누다 보면 딱히 할 일을 찾지 못해 공무원이 되었다는 사람이 절대 다수인 게 현실이다. 그중에 다시 절대 다수는 직업이 주는 심리적 안정감, 상대적으로 여유로운 근무환경 등에 만족해가며 완숙한 공무원으로 성장해가지만 말이다.

고백하자면, 학창 시절부터 성적과 등수에 몰입해본 경험이라면 나 또한 어딜 가도 빠지지는 않을 것 같다. 하지만 그렇게 쌓인 경험으로부터 터득한 또 다른 깨달음이라면, 그 과정에서 잃는 것도 많이 생긴다는 점이다. 때로는 친구를 잃기도 하고 건강을 잃은 적도 있다. 결정적으로는 '시간'을 잃었다는 생각이 들 때가 있다. 물론 고등학생 시절의 최대 목적은 대입이기 때문에 등수 싸움에 몰입할 수밖에 없다. 그러나 그 시절도 내 인생을 구성하는 엄연한 '시간' 중 한 토막이다. 누군가를 밟고 올라서야 하는 제로섬 게임만 벗어난다면 거기에는 얻을 수 있는 행복과 소중한 시간이 많이 숨겨져 있다.

직장생활도 마찬가지다. 차이가 있다면 기간이 더 길고 그래도 선택 가능한 영역이 더 존재한다는 점이다. 조직에서 원하는 만능 일꾼이 되어 성취의 열매를 누릴 수도 있겠지만 그것이 의무도 아니고 행복을 결정하는 결정적 요인도 아니다. 어떤 시간을 엄선해 어떤 삶을 살지는 이제 선택의 문제가 됐다. 나는 행복을 찾고 싶다.

고백하자면 저는 공무원이 되기 두려웠습니다

사람으로부터 뿜어져 나오는 미묘한 기운은 나만 읽는 것인지. 내가 무당은 아니니 사람 어깨 위에 붙어 다닌다는 귀신까지 보는 능력은 없지만 기침소리와 숨소리만으로 상대방의 감정을 읽을 수 있다. 이런 지경이라 여럿이 다닥다닥 붙은 공간에 있으면 가만히 앉아만 있어도 지친다. 소용돌이 속에 선 느낌이고 신경이 곤두선다. 당연히 술과 음식과 사람이 어우러진 회식 자리는 극도로 피곤해서 피하고 싶은 순간 1위다. 마치 후각이 예민한 강아지를 재래식 화장실에 가두는 상황에 가깝다. '어디 가서 딱 3일만 아무것도 하지 않고 쉬다가 오고 싶다'는 생각이 수시로 든다. 안타깝게도 주말은 이틀뿐이라 회복하기엔 너무 짧게 느껴진다.

심지어 어떤 일의 한가운데서는 아무 생각도 안 나기도 한다. 어느 정도 시간이 지나야 정리가 되고 여유가 생긴다. 스트레스를 받으면 자리를 피하고 말지 그 자리에서 싸우고 해결하지도 못한다. 그러나 조직생활을 하려면 물음을 받는 즉시 답해야 하고 불만이 있다면 바로 터뜨려야 수월하다. 그래서 따라가기가 버겁다.

게다가 나는 개성을 소중히 여기는 사람이다. 대형 프랜차이즈 카페보다 작고 허름해도 특색 있는 공간을 선호한다. 거대한 손길이 나를 다듬거나 상품화하고 있다는 생각이 들면 바로 벗어나기 위해 발버둥 친다.

결정적으로, 억압된 상황을 견디는 끈기가 없다.《산만한 사람을 위한 공부법》이란 제목으로 첫 책을 쓴 건 그만큼 내 학창 시절이 산만함에 대한 고민에서 시작해 산만함으로 끝나서다. 어린 시절부터 공무원을 꿈꾸지 않았던 결정적 이유 역시 이런 내가 조직에 어울리는 인간이 아니라는 점을 알았기 때문이다. 그런데 60살까지 비슷한 공간에서 비슷한 생활을 하는 공무원이라니요? **네, 저는 4년 차 공무원 김응준입니다.**

대학 다닐 때도 마찬가지였다. 나는 일찍 강의실에 갔다. 적어도 수업 시작 10분 전에는 도착하려 노력했다. 창가 맨 뒷자리를 사수하기 위해서다. 수업이 지루해질 때마다 창문을 통해 캠퍼스의 계절 변화를 지켜볼 수 있어서 좋았다. 축제가 있는 날은 흥미로운 구경거리가 많았고, 가끔은 빈 교정에서 몰래 데이트 중인 선배와 후배를 발견하는 재미도 쏠쏠했다. 하지만 내 뒤에서 나를 볼 수 있는 사람이 없다는 사실에 비할 바는 아니었다. 조느라 꾸벅거리든, 몰래 방귀를 트든, 옷을 벗었다 입었다 풀썩거리든, 스마트폰을 하든 말든 누구도 날 보지 못한 다는 사실이 지겨운 수업시간을 견딜 수 있게 하는 원동력이었다. 남의 시선이나 관심에서 벗어나 혼자 꼼지락거리길 좋아했다. 수강 신청을 할 땐 그 수업에 팀플이 있는지 없는지부터 살폈다. 수업시간에 처음 보는 동료들과 빙 둘러앉은 다음 인사부터 시작하는 그 어색한 상황을 피하고 싶었다. "안녕하세요. 저는 ○○과 □□학번 김웅준입니다"라는 말을 하고 나면 도저히 더 할 말이 없었다. 오늘 처음 만났는데 갑자기 사회의 문제점에 대해 토론하고 함께 답을 찾는 게 말이 안 된다고 생각했다. 차라리 시험을 망치더라도 혼자 도서관에 앉아 책을 펼쳐놓는 편이 좋았다.

그렇다고 내가 남들과 전혀 어울리지 못한 것은 아니다. 대학에 입학해서 친구들과 의기투합해 동아리를 만들기도 했다. 꾸준히 축구나 야구를 하고 있을 만큼 남들과 몸을 부딪치는 단체 운동도 좋아한다. 첫인상만으로 나를 외향적인 사람이라 판단하는 사람도 많다. 다만, 누군가와 무엇을 함께하기까지, 그리고 하고 난 이후에도 나는 남들보다 긴 준비시간과 충전시간이 필요하다. 일단 낯을 가리기 때문에 친해지고 마음을 열기까지 오랜 시간이 걸린다. 상대가 나보다 어른이거나 윗사람이면 아무리 시간이 주어져도 편하게 말하기가 어렵다. 여러 사람들과 어울리고 난 다음 날은 집에서 하루 정도 쉬어야 기운이 충전되는 것 같다. 그래서 토요일, 일요일 연속해서 약속을 잡는 경우는 거의 없으며 어른들과 대화를 할 때나 낯선 사람을 만나면 우물거리기도 한다.

이런 내가 하루 종일, 그것도 계급과 지위가 뚜렷한 사람들과 한 공간에 다닥다닥 붙어서 지내야 한다니. '튀면 찍히고 찍히면 끝이다' '조직이 우선이다'란 말이 사훈처럼 도는 공무원 조직에 내가 들어간다는 게 엄두가 안 났다. 일단 먹고살아야 한다지만, 그리고 요즘 같아선 쉽게 입성할 수 없는 조직이라지만 막상 내 발로 들어가려니 이게 과연 올바른 선택인지 확신이 들지 않았다. 그런데 대학 졸업할 나이가 되고 슬슬 생존이 위협받자 정말 공무원이 됐다. 변명하자면, 장남으로서 안정적인 직장에 빨리 취업해야 한다는 압박감이 스스로에게 있었다. 행정학 전공생이라 공무원이 익숙하기도 했고, 당시 만나고 있던 여자친구와 빨리 결혼하고 싶다는 초조함 때문이기도 했다(물론, 덕분에 결혼에 골인할 수 있어서 그 순간은 행복했죠). 하지만 끝내 말하고 싶지 않은 진실은, 나는 공무원을 선택할 수밖에 없는 평범하고 소심한 사람에 불과하다는 점이다.

내 안에는 나만 아는 소시민적 기질이 있다. 겉으로는 반항아처럼 굴지만 한편 안정적으로 월급을 받고 가족과 하루하루 행복하게 살 수 있다면 또 그 자체로 만족할 사람이다. 게다가 하는 일이 남의 돈 벌어주는 일도 아니고 내가 속해 있는 국가 공동체를 위한 일이니 작은 의미를 찾으며 살 거라 생각했다. 다른 사람 시선도 의식하는 편이라 어디 가서 공무원이라고 하면 으스대진 못해도 무시받진 않을 것 같았다. 역시 사람이란 화장실 들어갈 때 다르고 나올 때 다른 존재인 걸까. 시간이 지나고 나이가 들면 내 개인주의적 성향이 저절로 옅어질지 모른다는 기대를 조심스레 했다. 그런데 내 성향과 조직의 성향이 여전히 자주 충돌하고 있어 어려움을 겪는 중이다. 일을 하며 느끼는 만족감이 없지 않지만 그렇다고 혼연일체의 경지에까지 이르지는 못했다.

상상했던 것 이상으로 공무원 조직은 폐쇄적인 곳이다. 흐르는 물보다는 고인 물에 가까운 조직이라 매일 보는 사람과 꽤 오래 부딪쳐야 한다. 실제 정년까지 다니게 되면 한 동료와 세 번은 같은 사무실에서 일하게 된다는 이야기를 입사하자마자부터 들었다. 소셜한 조직이라 트러블이 생기면 피할 곳도 마땅치 않다. **일만 잘해서는 안 되는 조직**이란 말을 일주일에 한 번씩 들으며 출근한다.

오늘도 아침 알람 소리에 끙끙 일어나 집을 나선다. 아직은 하루를 끝까지 버티는 것조차 커다란 일과다. 하지만 견디다 보면 적응될 거라고 진실로 믿고 있다. 실은 적응하고 싶다. 물론 직장에 친구를 사귀러 온 것은 아니지만 그래도 사람들과 자꾸 부딪치며 내 모난 성격을 다듬고 싶고 또 따뜻한 동료의 따뜻한 마음을 헤아리고 싶다.

다 큰 어른이 툴툴거리며 고백해 죄송스런 마음이 든다. 나 같은 부족한 인간이 공직이란 무거운 감투를 써도 되는지 고민이 된다. 민원인과 통화하다 나도 모르게 말투가 날카로워지고, 더 알아보고 써야 하는 보고서도 대충 갈무리할 때가 생긴다. 이런 나도 텔레비전에서 공무원이 뒷돈을 받았거나, 업주와 유착을 했다는 뉴스를 보면 분노한다. 믿기 어렵겠지만 길거리에서 싸움이 난 걸 보는 순간 말려야겠다는 생각에 지나치지 못하기도 한다. 멀리서 싸움 소리가 들리면 아내는 본능적으로 내 팔부터 붙잡는다. 이웃과 공동체를 향한 뜨거운 열의와 애정은 출근만 하면 차갑게 식는다. 도대체 나만 이런 건지 정말 궁금해지는 순간도 있어 무턱대고 솔직한 속마음을 털어놓고 말았다.

20대 초반으로 돌아간다면 어떤 직업을 선택했을지 자주 상상한다. 아예 대학에 입학하자마자 사업을 시도했다면 지금쯤 청년 사업가가 되지 않았을까, 하는 무의미한 가정들 말이다. 그런데 다시 생각해보면 소심하고 평범한데 약간의 사명감만 있는 나 같은 사람들이 그래도 있을 만한 곳은 여기라는 생각을 하게 된다. 나를 거두어준 이곳에 감사하며 의미 있는 일을 해보고 싶다. 보람된 어떤 기여를 하고 싶은 마음도 간절하다. 그러려면, 두렵지만 좀 더 공무원생활을 해봐야 한다.

전국의 상사분들께 드리는 글

소통을 잘하는 상사와 그렇지 않은 상사를 구분하는 좋은 방법이 있다. 직원들과 티타임을 자주 갖는지 지켜보면 안다. 설마 티타임을 자주 가져야 소통을 잘한다고 믿으시는 건 아니겠지(혹시 그렇게 생각하셨다면 죄송합니다). 편하게 의견을 주고받자며 시시때때로 부하 직원을 불러 모으는 상사일수록 남의 의견을 잘 듣지 않는다는 건 내가 깨달은 불편한 진실이다.

대개 회의하는 모습은 어느 사무실이나 엇비슷하다. 상석에 혼자 앉은 부서장의 모습, 직급 순대로 앉은 자리 배치, 어색함을 모면하기 위해 모든 내용을 받아 적는 직원들, 간혹 들리는 어색한 웃음소리. 제21회 창비신인소설상 당선작인 〈일의 기쁨과 슬픔〉에서 장류진 작가는 판교테크노밸리 속 스타트업 회사의 회의 모습을 이렇게 표현했다.

> 직원들이 십분 이내로 스크럼*을 마쳐도 마지막에 대표가 이십분
> 이상 떠들어대는 바람에 매일 삼십분이 넘는 시간을 허비하고 있
> 었다.

문득 소통을 강조하던 어느 높은 자리에 있던 상사가 떠오른
다. 왜 굳이 우리까지 부를까 싶을 정도로 말단인 아랫사람을
불러 모은 다음 **"자유롭게 토론해봅시다"**라는 말로 회의를 시
작한다. 이미 직원들은 차가운 회의실의 기에 눌려 손에는 땀
을 흘리고 서로의 시선을 회피하는 중이다. 누군가 침묵을 깨
주길 간절히 바랄 뿐, 누구 하나 총대를 멜 생각은 없다. 그러는
사이 "○○씨, 이야기해보게"라는 상사의 말이 이어진다. 직원
들의 생각을 들어보겠다는 미명 아래 불러 모은 회의치고 아랫
사람 의견이 실제로 관철되는 경우를 자주 보지는 못했고, 공
무원들은 그런 상황에 익숙해져 있다. 그래서 입을 다물게 되

* 진행 상황을 간단하게 공유하는 회의

는데 결국 회의를 소집한 높은 상사의 일장 연설을 들은 다음에야 회의가 끝이 난다. 정말이지 이런 식으로 끝나지 않은 회의는 내 기억 속에 몇 번 존재하지 않는다.

애초에 조직 구조가 수평적이지 않다면 이런 회의는 큰 의미가 없다. 회의의 목적은 두 가지인 경우가 많다. 일을 배분하기 위해서이거나 새로운 아이디어를 발굴하기 위해서이거나. 그런데 사람들이 침묵으로 일관하는 데는 이유가 있다. 누군들 좋은 의견을 내고 빠르게 회의를 끝내고 싶지 않겠는가. 다만, 말하면 '내 일'이 되고 그걸 돕거나 보호해주거나 끝까지 지지해주는 사람은 회의가 끝나자마자 사라지기 때문이다.

물론 지시 사항이 명확히 존재하는 회의는 언제나 환영이다. 추진해야 하는 일이 있고 의견을 모으기 위한 목적이라면 면대면 회의가 최고다. 아예 회의라는 것 자체가 없어져야 한다고 생각하지는 않는다. 누구도 의사 결정 과정에서 배제되지 않고 있다는 업무환경을 만들어줄 수 있다. 꼭 필요한 회의를 잘못 줄였다가 독단적 의사결정만 늘어난다면 그건 아무도 원치 않을 결과를 초래할 것이다.

내가 생각하는 지긋지긋한 회의란 누가 봐도 목적 없는 회의다. 너그러운 미소로 소통하자며 사람들을 여럿 모아놓고 실제로는 불통한다거나, 아무 목적도 없으면서 그저 자주 보자며 불러 모으는 회의 말이다. 예를 들면 굳이 다른 시간도 많은데 밥 먹으면서 회의하자고 하는 경우? 제발 밥 먹을 땐 밥만 먹읍시다. 회의를 소집하는 사람들은 쿨함으로 무장한 채 회의하자고 외치지만 직원들은 '아… 또?'라는 마음이 든다. 시간은 제로섬이다. 회의시간이 늘어나면 업무에 집중할 수 있는 시간은 줄어들 수밖에 없다. 야근을 줄이고 워라밸을 찾으라고 문서로 공문을 돌리기 전에 불필요한 회의부터 줄인다면 효율적으로 업무하는 데 큰 도움이 되지 않을까.

부하 직원과 정말 소통하고 싶다면 기다려주면 좋겠다. 요즘 젊은 직원들은 개성도 강하지만 섬세한 감성을 지녔다. 그런데 단순히 직급과 권위로 밀어붙이는 어른들이 있다. 결국 서로의 관계는 깨질 수밖에 없다. 젊은이들과 소통이 안 된다고만 한다. 나는 긴장된 상황에서 대화하기를 평균 이상으로 힘들어한다. 어떤 의견을 논리적으로 전달하기 위해서는 생각할 시간이 필요하다. 물론 나도 가끔은 남들 앞에 당당히 말하는 (것처럼 보일) 때가 있다. 그렇지만 그런 순간 손의 떨림을 가리기 위해 주먹을 쥐며 속으로는 도망치고 싶은 심정을 꾹꾹 눌러 담는다. 그러고 나면 진이 빠져 서너 배에 달하는 휴식 시간을 필요로 한다.

아무리 편한 상사라도 상사는 상사다. 동료나 동기만큼 편할리 없다. '나는 젊은 세대를 이해하는, 앞서가는 사람이야' '나는 부하 직원들과 성공적으로 소통하는 상사야' '나는 신문에서 구글의 조직 문화를 배우고 익힌 사람이야'라고 생각한다면, 그 생각 다시 한번 검토해주시면 좋겠다. 물론 우리가 불편하게 생각하는 상사가 누군가의 친절한 아버지이고 어머니란 사실도 알고 있다. 그래서 가끔은 작은 아버지나 외숙모처럼 허물없이 직장 상사와 소통하고 싶다. 하지만 며느리는 영원히 시부모의 딸이 될 수 없듯, 부하 직원은 상사와 친구가 될 수 없다. 그러니까 억지로 소통하려고 하면 오히려 소통이 어긋날수 있다는 점을 말하고 싶을 뿐이다. 잘 들어주는 사람에게는 저절로 사람이 몰린다.

쓰고 나니 어른들께 좀 죄송스런 마음이 든다. 회의를 줄여준다고 줄여준 직장 상사들도 사실 많은데…. 회식도 줄인다고 줄여서 주 1회를 월 1회로 바꿔준 상사들도 많은데…. 줄어든 회의에도 불만을 표시하고 줄여준 회식조차 말없이 불참하지는 않았는지 내 모습을 되돌아보게 된다. 심지어 요즘 내가 속한 우리 부서 과장님은 역대급으로 꼭 필요한 회의만 하시는데…. BC 1700년 수메르 점토판에는 '요즘 젊은이들 참 버릇이 없다'는 문구가 쓰여 있다. 그리스의 철학자 소크라테스가 쓴 글, 이집트의 피라미드 내벽에도 비슷한 문구가 쓰여 있다고 한다. **어느 역사에나 존재했던 그 버릇없는 젊은이가 저인지도 모르겠군요.**

지금은 간부가 된 그분들도 젊은 시절에는 상사 앞에서 나만큼 불편하지 않았을까. 군이 억지로 소통을 시도하는 것과 시도하지 않는 것 사이에서 고민이 된다면 차라리 시도하지 않는 편이 낫다고 말씀드리고 싶다. 다시 한번 말씀드리지만 어차피 잘 들어주는 사람에게는 알아서 사람이 몰린다. 2,000년 뒤에도 이 글이 읽히길 바라며.

소속감은 그렇게 생기지 않아요

　다시 고등학교 시절로 돌아간다면 훨씬 더 즐겁게 학교를 다닐 것 같다. 고등학교 1학년 때는 자퇴를 심각하게 고려할 만큼 학교 가기가 싫었다. 비겁했던 담임선생님 때문이기도 한데 적어도 내가 느끼기에 그는 학생들에게 애정을 기울이기보다 학내 정치에 관심이 많았다. 언제나 학년부장이나 교감선생님 등 윗사람에 잘 보이려 노력하느라 바빠 보였다. 학생을 진심으로 대한다고 느끼기는 어려웠다. 어느덧 내가 그 시절 담임선생님의 나이가 됐다. 교무실에도 어른들만의 조직 문화가 있었을 거란 현실을 짐작하게 됐고, 초보 선생님의 생존법일 수 있음을 알게 됐다. 하지만 적어도 그 시절의 나로서는 절대 이해할 수 없는 일이었다. 물론 담임선생님 외에도 불만은 갖가지로 많았다. 치열한 경쟁과 학업 스트레스에 환멸을 느끼다가

급식으로 나온 반찬이 맛없다고 욕했다가, 앞자리에 앉아 발표를 독차지하는 친구를 질투했다가, 급하게 축구를 끝내고 들어가며 짧은 점심시간을 아쉬워하는 식이었다.

그랬던 나도 수능이 끝나고 고등학교를 졸업할 무렵이 되자 학교의 모든 것이 사랑스럽게 느껴지기 시작했다. 좁아 터졌다고 생각했던 운동장인데 더 좁아도 좋으니 오래 함께하고 싶었다. 시기하고 미워하던 친구와는 졸업식 날 헤어지며 졸업하고도 보자고 말했는데 진심이었다. 후배들에게는 학창 시절이 가장 재미난 시기일지도 모른다고 말해주고 싶었다. 꼭 학연이라는 이해관계가 아니라도 사회에 나가 동기나 선후배를 만나면 애틋할 것 같았다. 졸업이 가까워오자 처음으로 소속감, 그러니까 내가 이곳의 주인이라는 주인 의식이 생겼다. 졸업 날까지 하루하루가 소중하고 조직과 공간에 애착이 갔다.

강한 단정은 피하는 편인데도 내 마음대로 정한 확신이 하나 있다. '소속감은 시간이 흘러 자연스레 생긴다'는 것.《감옥으로부터의 사색》의 저자 신영복 선생님의 표현을 빌리자면 소속감이란,

생활의 결과로서 경작되는 것이지 결코 갑자기 획득되는 것이 아니라는 것.

처음 직장에 들어와 놀란 게 있다. **"소속감을 가지세요"**라고 말하면 소속감이란 게 으레 생길 거라 믿는 어른들이 너무 많아서다. 행여나 오해는 마시라. 여기서 말하는 소속감이란 국민의 공복*으로서 국가에 봉사하고 헌신하는 소속감이 아니라 조폭 세계의 상명하복 문화에 가까운 것이다. 이런 어른들과 함께 일하다 보면 **"내가 초임 시절에는 말이야"**라는 말로 시작되는, 딱히 듣고 싶지 않은 이야기를 자주 듣게 된다. 바빠 죽겠는데 브레인스토밍을 하자며 불러 모아놓고 말이다. 소속감을 가지라는 말이 '열심히 일하고 시키면 시키는 대로 해라'라는 말로 들린다면 좀 삐딱해 보이겠지만 그것도 현실(사무실)에서는 사실이다. 아무튼 내가 할 수 있는 일이라곤 그 시간이 가급적 빨리 끝날 수 있도록 표정은 자연스럽게, 고개는 가끔 격하게 끄덕이기다.

• 국가나 사회의 심부름꾼이라는 뜻으로, 공무원을 달리 이르는 말.

한 번은 소속감이나 주인의식에 관한 이야기를 듣다 듣다 지친 나머지 아래위로 끄덕여야 할 고개를 양옆으로 갸우뚱거렸다. 노련한 관료들은 순간적인 제스처로도 분위기 변화를 감지한다. 내게 "하고 싶은 이야기가 있냐"고 물었다. 거기서 없다고 했으면 좋았을 텐데(왜 없다고 하지 못했던 걸까!) "생각이 달라서 그랬다"고 말했다. 되돌릴 수 없이 분위기는 냉각됐다. "다른 생각을 말해보세요"라고 상사는 친절하게 말했지만 그의 눈빛은 다른 말을 하고 있었다. 상사들이란 입과 눈을 동시에 서로 다르게 활용할 줄 아는 사람들이다. 이미 산산조각난 분위기라 뒤로 물러서기도 어려워서 "이러이러한 점은 좀 잘못됐다고 생각합니다"고 말했다. 엄연히 정해진 업무 분장을 무시하고 (내가 느끼기에) 만만한 (나를 포함한) 호구 위주로 일이 분배되고 있다고 문제를 제기했다. 말씀하시면서 소속감을 강조하시는데 소속감은 이런 일방적인 방법으로 형성되는 게 아니라고도 에둘러 말했던 것 같다. 결국은 **소속감을 그래도 가져야 한다**고 다시 설득당하느라 티타임 시간이 30분이나 길어졌다. 소속감은커녕 자존감마저 추락하는 기분이었다.

나는 확실히 초반부터 조직에 소속감을 느끼는 편은 아니다.

어떤 곳이든 처음엔 좋지 않은 점부터 보이기도 하고, 울타리에 가두려 할수록 울타리를 벗어나고 싶어 하는 경향도 있고, 질투심도 많아서 다른 조직이 더 좋아 보이기까지 한다. 예를 들면 구글이나 페이스북처럼 소통이 활발하다는 조직에서 일해보고 싶다(음, 이렇게 조직을 대하는 내 처음 자세나 심정을 늘어놓고 보니 정말로 소속감을 잘 느끼지 못하는 인간처럼 보인다). 그런데 시간이 지날수록 내가 머물던 자리를 아끼는 편이기도 하다. 과거의 추억은 대부분 미화되는 경향이 있어서일까. 그보단 시간이 흐르면서 자연스레 정과 의리를 쌓는 성격이라 그렇다. 미우나 고우나 함께 시간을 보냈던 모든 것에 어느 순간 깊은 정이 들고, 시간이 더해지면서 내 자리가 내 것이라는 인식이 무의식중에 생겨난다.

시간은 내게 소속감을 키워주는 강력한 메타포에 가깝다. 어디에 속해 있든 나는 하루하루 머무는 시간을 늘려감과 동시에 불만 수치는 낮추고 만족 수치는 서서히 높여간다. 주인 의식을 갖기 위한 강력한 동기는 내 안 깊은 곳에 독립적으로 존재하는 것으로서, 외부의 잔소리나 어떤 자극으로 형성될 수는 없다.

나도 간부의 나이쯤까지 현재 속한 조직에서 시간을 쌓는다면 분명 지금보다는 더 투철한 소속감을 갖게 될 것이다. 마찬가지로 제대로 된 주인 의식도 생기지 않을까. 나는 그런 체질인 것이다. 그즈음 되면 오히려 꼰대가 되지 않을지 걱정된다. 까마득한 후배를 앞에 두고 내 초임 시절 이야기를 하며 마치 일찍 깨달으면 좋을 거라며 소속감을 주입하고 있을까 두렵다. 이런 내게 당장 위계에 순응하고 충성하는 일꾼으로 거듭날 것을 강요한다면 오히려 적응하는 데 시간이 더 오래 걸릴 뿐이다.

만국의 상사들이여, 사람은 시간을 앞서갈 수 없고 또 사람은 잔소리로 절대 변하지 않습니다. 제 경우에 소속감은 시간이 흐르거나 존경하는 윗사람을 만나면서 자연스레 생겼습니다. 그러니까 알아서 기를 수 있도록 내버려두십시오. 워크숍이나 젊은 직원과의 대화는 좀…. 그 소속감, 스스로 가능한 한 빨리 찾을 수 있도록 저도 노력해보겠습니다!

업무수첩 대신 옥스퍼드 노트를 쓰겠습니다

살면서 공짜로 받아본 것 중에 가장 기억에 남는 물건은 '업무수첩'이다. 입사하고 회사 로고가 박힌 새 업무수첩을 받았을 때의 기분을 잊을 수가 없다. 비로소 직장인이 되었다는 느낌을 받았던 순간이다. 그날은 나의 생일도 아니었는데 어지간한 생일 선물을 받은 때보다 기분이 더 좋았다. 업무수첩 맨 앞장에 이름까지 적고 나니 가슴마저 뛰었다.

사무실에서 어딜 가든 업무수첩을 팔에 끼고 다녔다. 멀리 출장을 가는 날에도 굳이 가방에 꼭 챙겼다. 업무수첩을 들고 다니는 공무원들을 언론에서 많이 봐온 탓일까. 정체성의 일부라고 생각했다. 슈퍼맨의 가슴팍에 새겨진 'S' 자처럼 업무수첩을 들어야 힘이 나는 것 같았다. 혹시 잃어버릴까 이름 옆에 휴대전화 번호를 적는 일도 잊지 않았다. 메모를 하거나 회의 내용을 받아 적을 땐 시험 답안 적듯 목차와 번호를 적어가며 보기 좋게 썼다. 애정을 쏟으니 정이 들었고 그렇게 나도 정체성을 형성해갔다.

처음 출근하고 두 달쯤 지났을까. 국장님 방에서 호출이 왔다. 그날따라 업무수첩이 보이지 않았다. 의자에 걸어둔 재킷을 재빨리 걸치고 삐져나온 셔츠는 바지춤으로 욱여넣은 다음 신고 있던 슬리퍼를 구두로 갈아 신었다. 업무수첩을 챙길 차례인데 책상을 워낙 지저분하게 써서 그런지 잘 보이지 않았다. 급한 마음에 눈에 보이는 스프링 노트 하나를 챙겼다. 힘이 나지 않았다. 막상 국장님 방 앞에 도착하니 그사이 손님이 오셨고, 나는 할 일 없이 문 앞을 서성였다. 다시 자리로 돌아가 업무수첩을 찾아볼까 생각도 했지만 그사이 손님이 가고 또 다른 손님이 와버리면 낭패다. 그냥 제자리에서 기다리기로 했다.

"업무수첩은 어디 두고?"
"네?"

지나가던 선배가 따뜻하지만 무심한 듯 말을 걸었다. 평소

좋아하고 친하게 지내던 선배였다. 처음에는 무슨 의미인 줄 몰랐다. 내 심드렁한 표정에도 그는 꿋꿋이 따뜻했다. 보고를 들어갈 땐 업무수첩을 당연히 들고 들어가야 한다고 말했다. 무슨 큰 인심이라도 쓰듯 자기 업무수첩을 빌려주며 눈을 찡 긋했다. 아, 그런 의미였구나, 업무수첩은. 그러고 보니 나 말고도 다른 모든 선배들은 회의에 업무수첩을 꼭 챙겨 참석했다. 특히 보고 대상이 높은 분일수록 업무수첩만큼은 확실히 들고 들어갔다. 의무적으로 지니고 다녀야 할 물건이라는 생각이 든 순간, 그간 쌓았던 정이 싹 사라졌다.

생각해보니 강제성에 저항하는 나의 기질은 고등학생 때부터 있었다. 고등학교 등굣길은 몹시 곤혹스러웠다. 학생 주임 선생님이 오전 6시 반부터 교문에 서서 두발을 검사했다. 고3 때 나는 머리를 길게 길렀다. 머리 때문에 아침부터 혼나고 교문 앞에 서 있던 적이 자주 있었다. 후배들 보기도 민망하고 아주 불쾌했다. 특히 추운 겨울날 교복만 입고 벌벌 떨며 벌을 서면 나를 가만두지 않는 세상이 원망스러웠다. 그럴수록 이상하게 머리를 더 기르고 싶었다. 곱슬이라 기르기 힘들었는데도 거금을 들여 옆머리에 매직까지 해가며 길렀다(신기하게도 정작 고등학교를 졸업하고 나서는 미용실에서 매직이나 펌을 한 적이 없군요).
학생 주임 선생님은 개성의 힘을 빌려 살아가려는 나의 방식을
쉽게 이해하지 못했을 것이다. 내게 있어 개성이란 납득되지
않는 것을 강요하는 세상으로부터 나를 지키는 방법이고, 다시
세상으로 돌아가 나를 찾고 잘 느끼기 위한 필수적인 수단이
다. 물론 절제된 개성이어야겠지만 분명 나는 한 개인이 가질
수 있는 고유한 취향을 소중히 생각한다.

　요즘 업무수첩 대신 조그만 노트를 들고 다닌다. 들고 다녀
보니 무겁고 두꺼운 업무수첩보다는 얇고 가벼운 옥스퍼드 노
트가 편하다. 누군가에겐 업무수첩을 들고 다니지 않는 젊은
직원이 당돌해 보일지 모른다. 나처럼 통일성을 해치는 인간들
때문에 조직에 금이 간다고 생각할 수도 있다. 뭐, 수첩 하나 들
고 다니는 일이 어려운 일도 아닌데 왜 굳이 문제될 소지를 만
드나 싶을 것이다. 일부러 그것을 들고 다니지 않을 이유도 없
지만 반드시 들고 다녀야 한다고 생각하기 어렵다.
　프랑스의 과학철학자이자 문학비평가인 가스통 바슐라르
Gaston Bachelard는 생각과 경험만이 인간적인 가치들을 확인시
켜 주는 것은 아니라고 했다. 내가 입는 옷, 먹는 음식, 쓰는 물

건도 나를 표현하는 일부가 될 수 있다. 따지고 보면 어떤 수첩을 들고 다니든 잘 받아 적을 수 있으면 그만이다. 그럼에도 굳이 업무수첩 들고 다니기를 관둔 건, 혹시 지나쳤던 출구를 발견할지 몰라서다. 나만의 노트에 희망을 투영하다 보면 조금씩 조직 문화도 변화되지 않을까. 출구 앞에는 원만한 사회생활 말고 나만의 자존감 같은 것이 선물처럼 놓여 있지 않을까.

내게 업무수첩을 빌려줬던 그 선배는 지난가을에 누구나 선망하는 자리로 옮겨갔다. 아마 다음에도 그다음에도 본인이 원하는 자리에 앉을 것 같다. 때가 되면 승진할 테고 외국으로 유학도 다녀올 것이다. 나는 그 선배 대신 과거의 나를 보고 배우기로 했다. 굳이 머리를 기르겠다고 교문을 두고 학교 뒷산을 넘던 나. 머리카락을 자를 바엔 머리를 베라고 아무 말이나 외치던 나. 그리고 15년이 흘러 그 모습을 조금 부끄러워해도 후회하진 않는 나. 비록 지금으로부터 15년이 다시 지나 중년이 되었을 때, 그 선배의 한마디로 인해 업무수첩을 들고 다니지 않았던 내 유치한 과거를 후회하더라도 말이다.

"대체 공무원이 바쁠 이유가 뭐 있나?"

내가 공무원이라고 말하면 사람들 열에 아홉은 이렇게 말한다. "칼퇴할 수 있고 좋겠어. 그만한 직장이 어디 있어!" 불평불만을 늘어놓기도 전에 일격을 당하니 "아, 네. 그렇네요"라고 답하게 된다. 그런데 절반은 맞고 절반은 틀립니다. 나는 가능한 한 정시에 퇴근하려고 노력하는 편이지만 바쁜 자리에 앉아 격무에 시달리는 선후배들을 보며 감히 이런 생각을 하곤 한다. '공무원 중에도 열렬히 일하는 사람이 꽤 많다는 사실을 밖에 알리고 싶다!'

중앙부처와 지자체 가릴 것 없이 현안이 터진 부서는 일반적으로 늦은 시간까지 일한다. 한 번 일(대개 뉴스에 부정적으로 나오는 것들)이 발생하면 위에서 찍어 내려오는 지시사항부터, 각종 이익집단의 민원, 의회나 외부 감시기관의 자료 요구 등을 한

꺼번에 대응해야 한다. 일반 국민의 시각에서 볼 땐 문제제기를 해도 공무원들이 들은 척조차 안 하는 듯 보일 것이다. 대신 변명하자면 나름 사정도 있다.

갑자기 1970~80년대로 이야기가 거슬러 올라가면 지루해지겠지만 어쩔 수 없을 것 같다. 이해해주시길. 개발도상국 시대에는 행정부의 재량권이 컸다. 대통령의 한마디면 공무원 조직이 마치 군대처럼 일사불란하게 움직였다. 하지만 민주화가 진행되고 입법·사법·행정 삼권이 분립되면서, 사회의 의사결정 시스템이 투명해졌다. 행정부 독자적으로 결정하고 실행할 수 있는 권한이 급격히 축소된 셈이다. 거기에 언론 및 시민단체의 감시 기능도 강화되면서 어떤 일을 추진할 때 예전보다 더 많은 경우의 수를 따지고 검토하게 됐다. 힘은 줄고 검토시간은 늘었으니 당연히 행정은 무능해 보일 정도로 느려졌다. 이제는 '행정도 서비스의 일종'이란 인식이 자리 잡았다. 덕분에 국민들은 과거보다 쉽게 불만을 전달하거나 대안을 제시하고 있다. 국민신문고 제도*를 비롯해 국민참여예산 제도** 등

* 온라인으로 손쉽게 민원을 제기할 수 있도록 만들어진 플랫폼 및 제도.
** 국민이 예산사업의 제안, 심사, 우선순위 결정 과정에 참여해 정부 재정운영에 투명성을 제고하고 국민의 관심도를 높이기 위한 제도.

으로 국민의 역할이 커지고 있다. 분명히 긍정적인 현상이지만 공무원들이 검토하고 답변해야 하는 업무도 함께 늘었다. 과하다 싶을 정도의 민원인들은 단체 카톡방을 만들고 담당 공무원을 그 방에 초대한 다음 매일같이 자신이 하고 싶은 이야기를 한다. 함부로 방을 나가지도 못한다. 이러지도 저러지도 못하는 공무원이 의외로 많다.

아무튼 과거와 비교했을 때 의사결정구조가 복잡다단해졌다는 말을 하고 싶었다. 소셜 네트워크의 발달로 이제는 공무원도 말 한마디 잘못했다간 그 말을 책임져야 하는 시대다. 조심성은 더욱 커질 수밖에 없다. 비례하여 추진력은 갈수록 떨어지고 있다. 결국 창의적인 아이디어를 내놓고 새로운 정책을 추진하기란 여간 어려운 일이 아니다. 나조차도 국민의 한 사람으로 돌아가면 행정부가 그렇게 무능해 보일 정도다. 밖에서 기대하는 눈높이에 비해 정부가 적절히 대응하지 못하는 현실을 내부의 젊은 직원들도 답답해하고 있다.

공무원 업무가 여전히 최고 의사결정권자 위주로 돌아간다는 점 역시 정부를 무기력하게 만드는 또 다른 이유다. 여러 보고사항이 검토를 거쳐 위로 몰리게 되면 병목현상이 일어난다. 그럼 결국 밑에서는 보고서를 써야 한다. 의사결정권자와 실무자 간 충분한 소통이 이루어지기 어려운 상황에서는 말보다 글로 보고할 수밖에 없기 때문이다. 그래서 말 몇 마디로 끝날 일들이 보고서가 되고 그것이 검토에 검토를 거치다 보면 어느새 수십 페이지로 늘어나는 상황도 쉽게 생긴다.

민원을 제기하는 사람들은 그들대로 불만이 크다. 구체적인 답변을 듣고 싶은데 "검토하겠다" "당장은 어렵다" "확보된 예산이 없다"는 원론적인 답만 돌아오니 공무원들이 세금만 축내는 존재로 보일 것이다. 그들이 실제로 검토를 안 하는 것은 아니다. 가능한 대안, 근거를 뒷받침할 수치, 주변 동료들 의견까지 모두 꼼꼼하게 취합해 답을 내지만 실질적인 권한이 없는 일선 공무원 입장에서는 구체적인 답을 피할 수밖에 없다. 일은 일대로 하고 결과물은 없는 상황이 지속되는 것이다. 야근을 매일 하는데 가시적인 성과가 없는 상태가 계속되면 담당자들의 스트레스도 갈수록 커진다. 이는 조직의 사기 저하로 이어진다.

물론 같은 상황에서 보람을 찾는 동료들도 있다. 지자체에 근무하다 중앙부처로 전입한 7급 민수 씨는 자신이 작성한 보고서가 간부의 의사결정에 결정적인 영향을 미칠 때 벅차다고 했다. 가끔이지만 사회적으로 이슈가 된 문제를 해결하면 뿌듯

함도 있고, 내가 쓴 보도자료가 기사화되면 중요한 사람이 된 것 같아 으쓱하다고 했다. 음, 민수 씨가 부럽다.

사실 이런 글은 적어도 20년쯤 공무원으로 근무한 다음 지나온 길을 돌아보며 써야 설득력이 있을 것이다. 말단 시절부터 꼭대기 간부 공무원까지 경험해야 세대 간, 계급 간 생각 차이를 온전히 이해할 수 있다. 하지만 그러지 못하고 써버린 이유는 나로서는 꼭대기까지 승진할 수 있을지 장담하기도 어렵거니와 실제로 곁에서 지켜본 동료들 중에 정말 늦게까지 혼신의 힘을 다하는 사람이 생각보다 많았기 때문이다.

직장생활을 하기 전만 해도 내가 생각하는 관료 조직은 한마디로 '지방 덩어리'였다. 게으름을 상징하는 지방, 각종 질병의 원인이 되는 지방, 물컹거리는 지방. 당시에는 그저 비만 그 자체로 보였다. 그러나 내부에 들어와 4년이란 시간을 보내고 나니 의외로 부지런한 면, 탄탄한 면을 발견했다. 비곗덩어리인 줄 알았는데 개인 단위로 쪼개어 들어가 보면 날렵한 날쌘돌이들이 곳곳에 존재했다. 이건 내부에서만 발견할 수 있는 의외의 희망적인 일에 가깝다. 관료주의라는 시스템이 내포한 권위주의, 연공서열주의*, 형식주의가 조직의 살을 찌운다는 생각을 했다. 솔직히 시스템이 문제라면 개인으로서는 대처하기가 쉽지 않다. 혼란스러울 때가 많다. 할 수 없지. 스스로라도 게을러지지 않도록 조심하고 갈고 닦는 수밖에.

• 근속 연수에 따라 지위가 올라가는 체계.

공무원에게 민원인이란

　가능한 한 무인민원발급기를 이용한다. 주민등록등본 초본
은 물론이고 확정일자를 받아야 하는 중요한 볼일조차 등기소
홈페이지를 통한다. 어떤 서류라도 일단 인터넷 검색부터 한
다. 주민센터를 방문하지 않고 발급이 가능한지 알아본다. 단
도직입적으로 말해 공무원을 직접 상대하고 싶지 않기 때문이
다. 그들의 차가운 말투와 무뚝뚝한 표정을 보고 나면 열에 아
홉 번은 불쾌한 기분으로 관청 문을 나서게 된다. 조금만 모르
거나 질문이 길어져도 '그것도 모르냐'는 식으로 멸시하는 표
정을 지을 땐 큰 잘못이라도 저지른 심정이다. 기분 좋은 날, 어
쩐지 기분을 망치고 싶지 않아 혼인 신고조차 컴퓨터로 해결하
는 방법을 알아봤을 정도다. 나부터 이럴 정도인데 일반 사람
들은 오죽할까 싶다.

민원인 입장에서는 공무원이 '싸가지 없다'고 느낄 만하다. 말이 통하지 않거나 로봇처럼 검토하겠다는 말만 반복한다고 생각할 것이다. 손톱만 한 권한을 손에 쥐고 갑질한다고 여길 수도 있다. 나 역시 똑같이 느끼는 바이지만 그래도 공무원이 되고 보니 그들에게도 그들만의 사정이 있음을 알게 됐다.

"우리가 할 수 있는 일은 절차와 규정부터 알려주는 거예요. 어떤 일이든 된다는 답을 선뜻 할 수는 없어요. 책임질 수도 없을 뿐만 아니라 된다고 생각했던 일조차 막상 추진하다 보면 엎어지는 일이 많기 때문이죠."

"처음엔 저도 민원인이 저의 할아버지, 할머니라고 생각하며 일했어요. 그런데 욕설을 한다거나 서류를 집어 던지고 가는 등의 수치스런 일을 겪으면서 과연 그들은 저를 손자나 손녀로 생각할지 의문이 갔어요. 믿음이 깨지니 저도 냉정해졌죠."

"한 번은 적극 행정을 한다고 했다가 실수가 생겨서 민원인과 분쟁이 생겼어요. 그런데 상사는 제 편을 들어주지 않았어요. 오히려 사과하라고만 하고 모든 책임을 저에게 떠밀었죠. 그 뒤로 저는 방어적으로 행동할 수밖에 없더라고요."

주변 선후배 공무원들은 대체로 비슷한 말을 한다. 모두가 다 그런 것은 아니지만 "인간이란 자기가 조금이라도 높은 위치에 있다는 생각이 들면 쉽게 갑질을 하는 이기적인 존재 같군요"라고 말한다. 민원인 중에는 "내가 낸 세금으로 월급 받는 너희가 감히…"라는 식으로 처음부터 반말을 하는 사람도 있다. 보조금 업무를 담당했던 A주임은 업무를 맡은 지 6개월쯤 되던 해 질병 휴직을 냈다. 자신을 함부로 대하는 민원인에 대한 회의감을 토로했다. 쉽지 않은 결정이었을 것이다. 이런 식의 휴직은 조직 사회에서 꼬리표처럼 따라다니며 인사와 승진에 꾸준히 영향을 미칠 확률이 높다. 그럼에도 A주임은 그만한 어려움이 있었고 사무실 직원들은 그를 위로했지만 남의 일은 남의 일이었다.

공무원은 민원인의 이야기를 듣고 규정과 내용에 따라 답을 하는 상황에 놓인다. 엉뚱한 답에 대한 책임은 온전히 답을 한 담당자가 지는 구조라 신중해질 수밖에 없다. 물론 시정하거나 새겨들어야 할 비판도 분명히 존재한다. 하지만 대부분 비슷한 질문이나 요구를 지속적으로 받기 때문에 틀에 박힌 답을 하게 된다. 예의 없는 민원인의 태도 문제는 차치하더라도 공무원들은 나름 자기만의 일정한 응대 요령을 갖고 있어야 흔들림 없이 하루하루 일할 수 있다. 민원 응대가 가장 중요한 일임에 틀림없지만 그 중요도에 비해 업무에서 차지하는 비중은 미미하기 때문이다. 들이는 시간에 비해 성과로 인정받기는 어려운 구조다. 실제로 내가 공무원이 되고 크게 놀란 점 중 하나가 바로 쉴 새 없이 울리는 전화였다. 앉아서 보고서를 쓰고 여기저기 회의를 따라다니는 일조차 벅찼는데 전화벨이 끊임없이 울렸다. 업무 요령이 전혀 없던 초반에는 하루 종일 전화만 받다 퇴근하기도 했다. 단순 정보를 알려주는 통화는 기본이고 이해집단이나 언론사에서 오는 민원은 경우에 따라 그 내용을 문서화해서 상부에 보고해야 한다. 결국 전화 민원은 5분에서 10분 사이, 찾아오는 민원인의 문제는 30분 전후로 해결해준다는 기준을 세우지 않고는 하루 업무를 망치기 일쑤였다.

일상에서는 민원인이고 직장에서는 공무원인 나로서는 이런 현실을 마주할 때 답답함을 느낀다. 민원인은 민원인대로 간절한데 공무원은 공무원대로 사정이 있으니 이 불신과 불친절의 간극이 어쩐지 좁혀지지 않을 것 같아서다. 국가는 공무원의 친절도를 향상시키기 위해 사람을 동원해 민원인인 척 전화를 걸고 평가를 하지만 요식 행위에 그친다. 전화를 받은 모든 공무원들은 이렇게 말한다. "방금 온 전화, 테스트 전화야. 저렇게 티가 나는데 어떻게 평가하는지 몰라." 그러고 보면 서울시에서 시작한 다산콜서비스는 현실적인 대안 중 하나이다. 중간에 숙련된 매개자를 두어서 민원인은 한 통의 전화로 기분 좋게 행정 관련 문제를 해결하고 공무원은 과중한 업무 부담에서 벗어나니 말이다(감정노동의 외주화란 관점에서는 진정한 해결책이 될 순 없지만). 그러니까 민원인도 공무원도 한 발씩만 양보하면 좋을 텐데.

기억에 남는 민원인도 있다. 그날 아침은 아내와 티격태격하고 출근해서 그런지 기분이 좋지 않았다. 보고 일정까지 연속으로 겹쳐 오전에 정신이 없었다. 그 와중에 전화벨이 울렸다. 법률 ○○조의 해석을 묻는 문의 전화였다. 아버지가 시골에 계시는데 이웃 주민 간 소유권을 두고 다툼이 생겨 중재 방안을 대신 찾는 중이라고 했다. 나도 모르게 날카로운 말투로 퉁명스럽게 기본적인 내용만 설명했다. 상대방 입장에서는 '불쾌하고 차가운 관료의 목소리'를 듣고 불만을 가질 만도 했다. 그럼에도 그는 "급한 일은 아니니 지금 혹시 바쁘시다면 오후에 다시 전화 드려도 될까요?"라며 전화를 끊었다. 오후 3시쯤 전화가 다시 왔고, 그는 처음부터 찬찬히 질문했다. 미안한 마음에 그제야 최선을 다해 답했다. 전화를 끊을 무렵, 자신을 민원대에서 일하는 공무원이라고 소개한 그는 "워낙 수많은 민원인을 상대해보니 민원 응대 요령 못지않게 민원을 전달하는 방식에도 요령이 존재하는 것 같다"는 말을 남겼다. 그는 우리의 입장과 처지가 언제든 뒤바뀔 수 있음을 일깨워줬다.

다음 민원인, 또 그다음 민원인을 상대할수록 나를 어렵게 했던 지난 민원인들이 내게 중요한 역량을 선물해줬음을 느끼곤 한다. 이제는 민원인의 직함, 인상, 표정만 봐도 대충 이 사람이 무슨 말을 하고 어떤 것을 요구할지 예상이 된다. 생전 처음 듣는 민원을 제기하는 사람은 잘 없다. 그래서인지 이 민원인을 보면 과거의 저 민원인이 떠오르는 식이다. 지난 날 그 사람은 결국 화를 풀지 못하고 돌아갔지만 그때 이렇게 했더라면 좋았을걸, 하는 교훈이 내 안에 남아 있다. '조금만 더 유연하게 대화할걸' '더 들어주고 돌려보낼걸' '이런 해결책을 알려드렸더라면 좋았을걸' 하는 아쉬움들 말이다.

늘 100퍼센트의 진심으로 민원을 상대할 수는 없을 것이다. 어떤 면에서는 공무원도 감정노동자의 위치에 선다. 아무리 직업인이라도 자기 감정을 지키기 위해 방어막을 치는데 뭐라 할 사람은 없다. 다만, 어떤 경우에도 상대방에게 충분히 설명해 줄 수는 있다. 나를 찾아오는 사람을 받아들일 수 없고, 일단은 최선을 다하지 않거나, 먼저 차가운 눈빛을 보내 기선을 제압하면 편하겠지만 그런 태도로 나의 직업적 정체성마저 포기하고 싶진 않다. 나 스스로 '나는 차가운 사람이구나'라고 전제하고 그 편함에 익숙해져가는 것 또한 사실 옳다고는 할 수 없다. 감정의 온도와는 별개로 직업인에게는 직업인으로서 수행해야할 최소한의 역할과 기본적인 책임이 있기 때문이다.

무얼 하기보다 무얼 안 할 수는 없을까

    회사에 다니면서 어떻게 책까지 쓰는지 궁금해하는 사람들이 있다. "매일 새벽 5시에 일어나 2시간씩 글을 쓰고 출근합니다"와 같은 유의 초인적인 대답을 기대하는 것 같아 답하기 조심스러워진다. "퇴근하고 최대한 다른 일은 하지 않습니다"라는 답이 진실이기 때문이다. 새로운 일을 가능한 한 벌이지 않고 불필요한 외출도 자제하는 것! 이것이야말로 내가 지속적으로 글을 생산하는 비결이다. 집에서 빈둥대다 보면 어느샌가 컴퓨터 앞에 앉아 글을 쓰게 된다. 때로는 무엇을 하는 것보다 무엇을 하지 않는 편이 중요한 일을 해내는 최선의 방법임을 새삼 깨닫는다.

    타고난 에너지는 엇비슷하다고 생각한다. 누구에게나 하루는 24시간이다. 결국 사람마다 쓸 수 있는 에너지와 시간이 총

100이라고 할 때 이를 어떻게 배분하고 활용하느냐에 따라 성과가 달라질 뿐이다. 120퍼센트를 쓰는 사람은 빠르게 번아웃 증후군burnout syndrome•의 위기에 처할 테고, 50퍼센트만 활용하는 사람은 게으르다는 말을 듣게 될 것이다. 회사도 다니고 회식도 참석하고 기회가 있을 때마다 사람도 만난다면 나로서는 내가 가진 용량 이상을 써야 한다. 책을 써내기란 불가능해진다. 꼭 하고 싶은 일(나의 경우에는 책을 만들어내는 일), 그것을 해내기 위해선 평소에 70퍼센트의 에너지만 사용하며 30퍼센트는 비축해둬야 한다.

그러고 보면 조직의 에너지 용량도 정해져 있지 않을까. 인력과 시간은 주어진 상수에 가까울 것 같다. 예산과 규정 역시 길게 보면 변수에 가깝지만 단기적으로는 상수로 생각하는 편이 합리적이다. 조직도 인간처럼 100이라는 에너지를 가졌다고 생각해봤다. 음, 외부에서 평가하는 공무원 조직은 가진 역량의 50퍼센트만 쓰는 둔한 조직이지만 내부에서 보는 공무원 조직은 오히려 120퍼센트를 쓰느라 과부하에 헐떡대는 느낌

• 의욕적으로 일에 몰두하던 사람이 극도의 신체적·정신적 피로감을 호소하며 무기력해지는 현상.

이다. 어째서일까?

성과 보상 체계가 명확하지 않은 조직에는 특징이 있다. 조직원들이 자신을 드러내는 방법으로 '새로운 일부터 벌이고 보기'를 택한다는 점이다. 일의 성공 가능성이나 현실성은 차후의 문제다. 특히 국가가 하는 일은 그 일의 실제 효과를 검증하기까지 꽤 오랜 시간이 걸린다. 예산을 새로 받거나 법령을 개정하고 시범사업을 거쳐야 하기 때문이다. 그러는 사이 담당자가 바뀌고 일이 흐지부지되기도 한다. 흠, 어쩐지 일을 벌이기만 좋은 구조는 아닌지.

윗사람의 눈에 들기 위해 안절부절하는 동료와 상사들을 가끔 본다. 최종적으로 그들이 택하는 방법은 새로운 일부터 벌이고 보는 것이다. 물론 그렇게 시작된 일 중에 성공적으로 자리를 잡아가는 일도 있지만 대개는 중간에 엎어지거나 직원이 바뀌면 사라지거나 실패로 끝나는 일이 더 많다. 특히 요즘처럼 국가가 민간을 따라가기 어려운 시대에는 그런 사례가 더 빈번하게 발생한다. 국가에서 추진하는 사업은 예산 수립과 법 개정이라는 복잡한 절차를 거쳐야 하기 때문에 시범 사업이라도 본격적으로 시행하기까지 최소 1년이 걸린다. "자, 지금부

터 새로운 사업을 시작해볼까요?"라고 말해도 바로 다음 날 시
작될 수 없다. 의욕적인 부서장은 새로 부임하자마자 '**5대 사
업 추진전략**(10대 사업은 더 흔한 일이다)' 혹은 '**○○ 기본 계획**'을
'짠' 하고 수립한다. 그런 다음 업무에 돌입하지만 1, 2년 후에
부서장이 바뀐다. 결국 바뀐 부서장의 판단에 따라 일이 중단
되는 경우가 자주 생긴다. 이전 사람과 이후 사람의 판단에 옳
고 그름은 없다. 세상엔 같은 일이라도 개인의 경험과 바라보
는 시각에 따라 일의 타당성이 크게 달라지기 때문이다. 다만
바뀐 부서장은 그 나름대로 다시 새로운 일을 벌여야 인정받
을 수 있는 유인이 존재한다. 또 다른 '**5대 사업 추진전략**' 혹은
'**○○ 기본 계획**'이 수립된다. 특히 고위직으로 올라갈수록 사
람 숫자에 비해 자리가 부족하여 하위직보다 사람이 더 빠르
게 바뀌는 경향이 있고 이는 업무가 뚝뚝 끊어지는 결과를 초
래한다.

　현장에서 사업을 추진하다보면 깨닫는 게 있다. 변화를 읽고
손익을 계산해 사업 타당성을 판단하는 일은 민간이 더 뛰어나
다는 점이다. 물론 재난이나 복지, 안보 등 공공 재화를 다루는
일은 국가가 앞장설 필요가 있다. 공공재는 안보처럼 누구나
혜택을 입고, 공원처럼 내가 사용한다고 남이 사용하는 것을

배재할 수 없는 비경합성 및 비배제성을 갖기 때문이다. 한편, 시장 원리에 의해 돈을 투자하고 수익을 창출하는 일은 국가가 앞장서 무엇을 하기보다 민간을 돕는 쪽이 효과적일 수 있다. 사업자와 대화를 해봐도 그들이 원하는 요구사항은 일관적이다. 일을 풀어갈 수 있도록 규제를 완화하거나 플랫폼을 깔아주는 방향이다. 물론 공정한 경쟁을 위한 인프라 조성은 국가의 몫이겠지만 말이다. 그 옛날 1970~80년대 개발 국가 시절처럼 공무원이 앞장서 일을 밀어붙인다고 확확 추진되는 시대는 확실히 아니다.

그럼에도 불도저식으로 일부터 벌이고 보는 동료들이 있다. 가끔은 그들이 대단하다는 생각도 든다. 일 앞에서 움츠러드는 나를 스스로 되돌아보며 나는 그들에 비해 공익에 대한 의지가 부족한지, 그저 이기적인 개인에 불과한지 콤플렉스를 느낄 때도 있다. 설령 일을 벌이는 동기가 윗사람의 눈에 띄기 위한 행동이라도 말이다. 그것이 조직과 조직원이라는 큰 관계에서 보면 조직 논리에 부합하는 행위에 가까울지 모른다. 그래서 '진짜 중요한 일을 하려면 일을 마구잡이식으로 시작하기보다 불필요한 일부터 줄이는 편이 낫지 않을까요?'라고 말하기 주저

하게 된다. '어떤 일이든 주시면 시작할 수 있습니다' '언제든 맡겨주세요'라고 말할 수 있다면 좋겠지만 나로서는 버거운 일이다. 내 경험에 의하면 하고 있는 일이 있는데 다른 일을 시작한다고 해서 좋은 결과를 거두지는 못하는 것 같다. 고시공부를 제대로 하기 위해서는 공부 자체를 열심히 하는 것도 좋겠지만 그보다 불필요한 일을 정리하고 삶을 단조롭게 정리하는 편이 효과적이었다. 비워야 채울 수 있고, 가벼워야 멀리 갈 수 있지 않은가.

물론 내게도 새로운 일을 벌이라는 압박이 온다. '지금 하는 일도 제대로 추진되지 않는데…'라며 속으로 불만을 터뜨리다가도 일종의 의무감이나 '적어도 남들 하는 만큼은 하자'는 생각에 새로운 일을 시도할 때가 있다. 아무래도 조직에서는 무언가 새로운 일을 해보겠다며 자료를 만들고 보고하고 뛰어다녀야 "오, 저 친구 열정이 있군"이라는 반응을 이끌어낼 수 있는 측면도 무시할 수 없다. 나도 그런 인간일 때가 있으니 일을 만들어내는 서로를 비난하거나 원망할 생각은 없다.

다만 조직 전체가 경쟁하듯 새로운 일을 시작하고 책임은 지지 않는 일이 반복되는데 그것이 장기적으로 괜찮을지 나로서는 고민하게 된다. 조직에서 내 역할은 무엇이고 과연 어떤 식으로 일하는 게 맞는 건지 아직도 답을 구하지 못한 채 방황하는 것이다. 내가 효율적이라고 생각했던 삶의 방식과 조직이 굴러가는 원리가 다른 데서 오는 괴리감도 있다. 일을 줄이거나 정리하는 대신 벌이기만 하느라 용량 초과에 헐떡댄다. 정작 새롭게 생산적인 일을 해야 할 때 회피하게 된다. 이런 안타까운 현실 앞에 그저 작은 바람이 있다면 **"오직 무엇이든 새로운 일을 만들어내야 인정받을 수 있고, 그것이 아니면 인정할 수 없다"**는 식의 이원론적 편견이 공무원 조직에 득세하지 않았으면 좋겠다는 점이다. 큰 욕심일까.

직장생활을 하고 보니 뭘 해야 한다는 말보다 뭘 하지 않아도 되는 자유에 대해 말해주는 사람이 그립다. 물론 그런 사람들은 대개 무언가 많이 해본 사람들이다. 나도 그런 사람이 되고 싶다. 뭘 안 해도 좋다고 말해줄 수 있는 포근한 사람. 그런데 그러려면 뭘 많이 해본 사람이 되어야 할 텐데. 이럼 뭔가 말이 이상해지는 거 아닌가. 흠, **역시 무엇을 하는 것보다 하지 않는 편이란 참 쉽지 않군요.**

갑자기 첫 출장

"컴퓨터 찾아보면 예산 설명서 파일이 있을 거예요. 찾아서 오후에 다녀오면 돼요."

네? 갔다 오라고요? 그냥 갔다 오기만 하면 되는 거예요? 저 혼자 가는 건가요? 기획재정부(이하 '기재부')가 세종시에 있는 것쯤은 알지만 저는 출근한 지 일주일밖에 안 된 신입인데 사업 설명을 하라니요? 설명을 제대로 못했다가 예산이 잘리면 어떻게 하려고요? 그보다 솔직히 말씀드리면, 제가 개망신당할 것 같은데요.

하지만 모두들 이 정도는 혼자 알아서 할 수 있어야 한다는 눈빛을 냉정하게 보내고 있었다.

초짜 티를 내지 않으려고 했는데, 막상 설명을 시작하니 숫자 읽기부터 난관에 봉착했다. 수십억, 수백억 되는 돈의 액수부터 제대로 말하기 어려웠다. 속으로 일십백천만십만백만을 헤아리고 동시에 손가락으로는 0의 개수를 짚어가며 세느라 바로 말하지 못하고 버벅댔다. 기재부 예산 담당자는 '이놈, 잘 걸렸구나' 싶었던 모양이다.

"예산 총액이 얼마인지도 모르고 와서 설명하는 게 말이 돼요?"

이후에도 나는 "알아보겠습니다" "다시 설명드리겠습니다" "잠시만 기다려주실 수 있나요?" "꼭 확인해보겠습니다"라는 말만 앵무새처럼 반복했다. 등줄기에 흐르는 땀 한 방울 한 방울이 느껴지고 얼굴은 이미 벌겋게 달아올랐다. 최종적으로 죄송하다는 말을 남긴 채 뒷걸음질 치며 나오고 말았다. 확실히 눈으로 읽고 이해하는 것과 내가 그것을 누군가에게 직접 설명하는 일은 난이도의 차원이 달랐다.

사실 기재부에 처음 도착해 신분증을 찍고 들어갈 때만 해도 좀 으쓱했다. 공무원 사회의 일원으로 당당히 포섭된 느낌이었다. 기재부는 건물에 진입해도 사무실마다 문이 잠긴 경우가 있다. 워낙 찾아오는 사람이 많아 벨을 누르거나 기재부 직원

신분증을 찍지 않으면 출입이 불가능하다. 예산 시즌에는 예산을 조금이라도 더 확보하기 위해 여기저기서 몰려온 사람들로 복도가 발 디딜 틈 없이 붐빈다. 공무원뿐만 아니라 공공기관의 직원까지, 국가의 돈을 한 푼이라도 받아 쓰는 조직에서는 누구라도 한 명씩 다녀가는 곳이다. 돈 달라는 사람들에게 지독히 시달려서 그런지 기재부 직원들은 입에 저마다 얼음 하나씩 문 듯 차가운 경우가 많다. 웬만한 웃음이나 말발에는 눈 하나 꿈쩍하지 않는다. 초짜가 와서 손으로 숫자나 세고 있으니 좋은 먹잇감이었을 것이다.

이 사업이 어떤 이유로 시작됐는지, 추진하는 과정에서 어떤 문제와 한계점이 있을지, 이해관계자는 누구이고, 앞으로 어떤 방향으로 어떻게 추진해나갈지, 사업 내용뿐 아니라 그것을 둘러싼 다양한 배경을 제대로 알아야 사업 설명이 가능한 법이다. 단순히 예산 설명서만 컴퓨터에서 찾았다고 설명할 수 있는 것은 아니다. 굳이 변명하자면 내가 처음 이 자리에 왔을 때 전임자는 사직하고 공공기관으로 옮긴 뒤였다. 그러니까 내가 오늘 실패한 이유 중 하나는 이런 복잡한 내용을 친절하게 설명해줄 전임자가 없었다는 점이다.

공무원 조직은 순환형 보직 시스템*으로 운영된다. 보직이 자주 바뀌는 탓에 전문성을 기르기 어렵다. 하지만 부패를 줄일 수 있다는 강점이 있다. 한자리에 오래 근무하면 해당 지역이나 분야의 이해관계인과 유착 가능성이 커지는데 이를 사전에 예방할 수 있다. 이뿐만 아니라 여러 보직을 경험하는 과정에서 직무 간 이해도를 높이게 된다. 덕분에 하나의 거대 사업을 추진할 때 협력이 수월해진다. 즉, 의사소통 부족으로 발생하는 거래비용을 낮출 수 있다. 또한 공무원처럼 업무 강도와 연봉을 연동시키지 못하는 조직에서는 업무 강도의 균등화를 위한 수단으로 순환 보직 인사를 실시하기도 한다. 격무에 시달렸던 사람을 다음에 좀 여유로운 자리로 이동시켜주면서 인력을 관리하는 것이다.

물론 아쉬운 점도 생긴다. 겪어보니 제대로 된 인수인계가 잘 없다. 각 업무에 대한 매뉴얼도 없고 어떤 업무는 그 업무를 해본 사람이 직장에 존재하지 않는 경우도 있다. 옆자리나 앞

* 주기적으로 보직이 바뀌는 시스템.

자리 사람은 당연히 자기 업무가 아니면 잘 모른다. 맨땅에 헤딩하는 식으로 익혀야 한다. 기본적으로 2년마다 자리를 옮기는 게 원칙이지만 경우에 따라서는 6개월마다 한 번씩 옮기기도 한다. 적응할 만하면 다른 자리로 옮겨 새로운 업무를 처음부터 배우게 된다. 같은 주민센터 내에서도 자리가 다르면 업무가 완전히 다르다. 같은 층 바로 옆 사무실이라도 엄연히 다른 업무를 한다. 그래서 초임뿐 아니라 연차가 쌓인 공무원들도 자리를 옮길 때마다 매번 애를 먹는다. 인사가 난 바로 다음 날 옮기는 경우도 비일비재해서 인수인계가 제대로 이루어지기 어렵다.

한편, 10년쯤 근무한 선배는 결국 공무원 업무는 비슷하게 귀결된다고 했다. "당연히 처음 입사할 땐 모든 업무가 새로울 거야. 하지만 좀 더 시간이 지나 한두 번만 서로 다른 자리를 경험해보면 일들 사이에 존재하는 공통의 줄거리를 발견할 수 있어. 민원인의 성향도 비슷하고 문제를 해결하는 방식도 엇비슷하다는 걸 깨닫게 될 거야"라고 말해줬다. 4년쯤 근무한 나는 그 선배의 말을 얼핏 알 것도 같다.

자리를 서너 번쯤 옮겨 다니자 친절한 인수인계에 대한 관심이 시들해진다. '잘 알려주면 고맙고 아니면 깨지면서 배우지'라고 생각이 느슨해지고 있다. 후임자에게 꼼꼼하게 업무를 알려주고 떠나야겠다는 처음 다짐도 마찬가지로 점차 희미해져 간다. 인사이동이 익숙해져서 그런가 당연하지 않은 것들을 전보다 쉽게 당연하게 받아들이고 있다. 빌어먹을. 나도 이것밖에 안 되는 존재인가. 무책임한 전임자가 되고 있는 건 아닌지 반성하게 된다. 세상은 나부터 변하지 않으면 절대 먼저 변하지 않는 곳임을 알고 있다. 초심을 잃지 않는 사람이 되고 싶다.

재미와 B급 공무원

미리 고백해둘 것이 있다. 직업이 공무원이고 퇴근하면 글을 쓴다고 하니 어쩐지 진지한 취미를 가졌을 것 같지만 나는 예능 보기를 좋아한다. 물론 갑자기 누가 나에게 "취미가 있으세요?"라고 물으면 "운동을 하거나 책을 읽습니다"라고 답한다. 그런 취미는 전시용이다. 사실 "저는 틈날 때마다 예능을 보고 키득대거나 짤방을 봅니다"라고 말해야 정확한 답에 가깝다.

'재미'는 내가 어떤 일을 선택하는 중요한 기준이 된다. 가끔 늦은 밤에 책을 읽기도 하는데 일정한 기준은 없다. 책장을 살펴보다 그날 감정에 따라 흥미로운 책을 읽는다. 대학 시절에는 '서울대 권장도서 100선'에 열거된 책을 억지로 읽기도 했지만 이젠 재미있는 책만 찾는다. 그조차 읽다가 생각이 많아지거나 복잡해지면 컴퓨터 앞에 앉아 예능 영상을 재생한다. 어떤 날은 '3초 앞으로' 빨리감기 버튼을 누르며 영상 여러 개를 빠른 속도로 쓱쓱 보기도 한다. 깔깔거리고 웃으면 아내가 보기에 좀 한심해 보일까 봐 흑흑대며 숨죽여 웃는데 아내 말로는 그게 더 한심하다고 했다. 예능 프로그램을 고르는 기준 같은 건 당연히 없다. 인터넷을 검색하다 재미있어서 화제가 된 영상을 그때그때 찾아본다. 재미있으니까 자연스레 계속 찾게 된다.

예능 시청 경력을 태권도 급수로 따지자면 빨간 띠 이상은 될 것 같다. 이런 내게 "예능이란 무엇입니까? 한마디로 정의해주세요"라고 묻는다면 'B급 감성'이라고 말하고 싶다. 나는 꽤나 오랜 시간 A급 아들, A급 성적, A급 대학, A급 친구라는 'A급' 콤플렉스에 갇혀 살았다. 질서와 예절과 경쟁을 중시하는 한국 사회에서 어쩌면 당연한 결과였다. 반듯하고 바르고 똑똑한 사람 말이다. 그런데 예능에는 이런 A급과는 거리가 있는, B급 유머로 무장한 다양한 사람들이 등장해 웃음을 준다. 덕분에 좀 망가지며 살아도 매력적일 수 있다는 사실을 배운다. 기존 한국식 문법을 파괴하는 예능의 시도와 그들의 드립에 함께 공감하며 나의 사고가 확장됨을 체감한다. 그동안 억

눌러왔던 내 안의 B급 감성을 화면 속 예능인을 통해 터뜨리게
되니 카타르시스가 온다. 'B급'과 '재미'를 추구하는 일상은 일
종의 자아실현의 통로가 된다.

내 안의 창조성도 꿈틀댄다. 에헴, 우선 이 글도 예능을 소재
로 쓰고 있다. 한 예능에서 여자 연예인은 초등학생에게 "뭘 훌
륭한 사람이 돼, (하고 싶은 대로) 그냥 아무나 돼"라고 조언했다.
아무나 되라니, 내가 누군가로부터 간절히 듣고 싶던 말이다.
아무나 되고 싶던 나와 내 주변의 이야기가 궁금해졌다. '늦었
다고 생각할 때는 정말 늦은 거다'라거나 '참을 인자 세 번이면
호구 된다'라니. 세상을 비틀어 보고 솔직하게 내뱉는 남자 예
능인의 말이 익숙하지 않았지만 들을수록 묘하게 공감됐다. 덕
분에 세상을 거꾸로 보는 연습을 했고, 인정하고 싶지 않던 현
실을 인정하기도 했고, '아 그럴 수도 있지' 공감하며 생각의
근육을 키웠다. A급에 갇혀 지루할 뻔했던 삶의 방향이 다채롭
게 흘러간다. 예능을 켜놓고 킥킥 웃었지만 크게 배우는 시간
이기도 했다.

'재미'만 기준으로 한다면 절대 선택하고 싶지 않은 공간이
있다. 바로 **회사 대회의실**이다. 대회의실만 들어서면 예능 생각

이 간절해진다. 대회의실이 과연 어떤 공간이냐 하면, 모든 공무원 조직에 있는 대형 회의 장소로, 고위직부터 말단까지 어떤 민간인이 들어와서 보더라도 누가 윗사람이고 아랫사람인지 알 만한 대형으로 앉아, **"창의적인 생각과 대안을 내놓으세요"**라며 끊임없이 토론하고 의견을 교환하는 장소다. 긴장되고 숨 막혀서, 어떤 발언을 하고는 싶은데 아무 생각이 나지 않는 그런 곳이기도 하다. 차라리 책상 밑으로 1분짜리 예능 영상을 보면 새로운 생각이 튀어나올 것 같다.

"아니, 젊은 공무원이 그래도 용기를 내서 틀리더라도 의견을 적극적으로 말하고 그래야지 무엇하고 있느냐?"고 한다면, 정말 아이디어를 짜내고 싶은데 분위기가 엄중해서 머릿속이 새하애진다고 변명하고 싶다. 가뭄에 콩 나듯 아이디어가 떠오르긴 하는데 말해도 될까 싶은 B급 내용이라 망설이게 된다. 어쩐지 오직 A급이 아니면 안 될 것 같은 분위기라서다.

젊은 공무원들이라고 아이디어가 없는 게 아니다. 오히려 내부자로서 무엇이 문제고 어떤 해결책이 필요한지 잘 안다. 퇴근하고 그들끼리 모여 자유로운 분위기 속에 나누는 대화를 한 번쯤 들어보시라. 의외로 나라 걱정하는 소리가 자주 들린다. 젊은이들의 이런 솔직한 의견이 왜 국가 정책에 직접 반영되지 않는지 한 국민의 입장에서 원통한 심정이 들 정도다. 가만 들어보면 그들은 문제의 핵심을 명확히 알고 있을 뿐만 아니라 해결책에 감성과 트렌드를 입힐 줄도 안다. "신이시여, 이들에게 정책 결정권을 주시라"고 기도하고 싶지만 대회의실만 생각하면 어쩔 수 없이 낙담하게 된다. 그런 재미없고 딱딱한 분위기에서 신선한 아이디어가 나온다면 그게 더 이상한 일 같다. 그리하여 우리는 우리끼리나 국가의 앞날을 걱정하고 의견을 주고받는 쪽을 택한다.

사람들은 공무원이 언제나 틀에 박힌 비슷한 일만 반복적으로 만들어낸다고 생각한다. 그런데 계급과 지위를 막론하고 공무원들도 창의적인 일을 발굴하는 데 굉장히 많은 노력을 기울이고 있다. 지역의 특산품을 알리기 위해 직접 축제를 기획하고 판매처를 찾기도 한다. 해외 수출이 가능하지는 않은지 새로운 판로를 알아보기도 하고 기획기사를 작성해 보도자료를 배포하기도 한다. 이왕이면 사람들이 읽고 기억할 수 있게 눈에 띄는 제목을 지으려 고심하게 된다. 지역에서 쉽게 볼 수 있는 '~센터'라는 말도 이제는 그저 그런 흔한 단어가 되었지만 처음 도입할 때에는 '~사무소' 대신 발굴한 굉장히 창의적인 단어였을 것이다. 요즘은 새로운 시설을 지을 때 '~센터'를 대체하기 위한 새로운 단어를 찾고자 애를 태운다. 예산이 부족한 사업들은 민간 투자 방식을 도입하기 위해 다양한 방안을 모색한다. 물론 이해관계가 복잡하게 얽힌 경우가 많아 혁신적인 대안을 당장 도출해내긴 어렵다. 공들인 노력에 비해 결과물을 만들어내지 못해서 안타까울 뿐이다. 그 원인 중 하나가 재미없는 대회의실 때문은 아닐까.

무엇이든 일단 재미가 있어야 아이디어도 떠오르고 자유롭게 의견도 개진할 수 있다. 아무리 열심히 해도 즐기면서 하는 사람을 당할 수 없는 법이다. 물론 공무원들 회의가 갑자기 구글처럼 청바지 입고 누군가는 창틀에 걸터앉고 누군가는 소파에 몸을 반쯤 누이는 식으로 변할 수 없겠지만, 조금은 덜 엄숙한 분위기로 바뀌면 좋겠다. 긴 인사 말씀만 없어져도, 마찬가지로 긴 마지막 말씀만 줄여도, 대장 자리에만 유리잔이 놓이는 게 아니라 자유롭게 자기 머그컵을 들고 들어갈 수만 있어도, 거대한 의자와 책상만 좀 간소해져도 훨씬 분위기는 좋아질 것 같다.

시간이 지날수록 '재미'가 삶에서 얼마나 중요한 가치인지 깨닫게 된다. 이제 딱딱하고 경직된 모든 것은 지루하기만 하다. 재미를 찾다 보면 남에게 보이는 무엇이 아니라 그때그때 느끼는 내 감정에 집중하게 된다. 그리고 내가 무엇에서 즐거움을 느끼는 사람인지 알아가는 흥겨움이 있다. 뭐든 재미만 있다면 B급도 나쁘지 않은 것 같다. 언젠가는 공무원 세계에도 B급 감성을 들여오고 싶다. 사람들의 삶의 질에 도움되는 창의적인 아이디어를 즐겁게 생산해내는 곳으로 변화시켜보는 것이다. 그런 4년 차다.

옷장에 검은 옷만 가득한 이유

원래부터 어두운 계열의 옷을 즐겨 입는 사람은 아니었다. 특히 검은색 옷은 칙칙하다고 생각하고 장례식이 떠오르기도 해서 가급적 입지 않았었다. 그런데 공무원이 되고부터 취향이 바뀌었다. 검은색 옷을 좋아한다,라기보다는 검은색 옷부터 찾는다는 표현이 정확할 것 같다. 매장에 가면 정장은 물론, 양말, 구두, 스웨터, 코트, 패딩까지 전부 검은색부터 입어보는 버릇이 생겼다. 혹시나 모험을 해도 짙은 회색이나 남색 정도까지다. SBS 예능 〈미운 우리 새끼〉에 출연한 가수 김종국 씨의 옷장을 보고 놀랐다. 검은색 옷으로 가득한 옷장이 내 옷장과 지독히 닮았기 때문이다.

공무원 복장에는 암묵적인 룰이 있다. 기호에 따라 등산복을 입는 사람도 있고, 정장을 입는 사람도 있고, 캐주얼하게 입는 사람도 있지만 멀리서 봤을 때 초콜릿처럼 어두워야 한다는 것이다. 초콜릿 안에 딸기 맛, 캐러멜 맛 등 어떤 시럽이 들어가도 상관없다. 겉에 아몬드 가루를 입혀도 괜찮다. 하지만 전체 톤은 초콜릿이어야 한다. 밀크 초콜릿? 상상할 수 없다. 사무실 내에 흐르는 그 미묘하고 완고한 패션 트렌드를 깨서는 곤란한 상황에 빠진다.

"오늘 어디 가? 약속 있어?"라는 말을 회사에서 듣는 것은 결코 유쾌한 일이 아니다. 출근하자마자 앞 사람이 물었는데 그 사이 화장실을 다녀오느라 사정을 모르는 옆 사람이 10분 뒤에 같은 질문을 하는 날도 있다. "이미 답을 아는 앞 사람에게 들으세요"라고 말하기도 그렇고 반복해서 같은 답을 말하기는 더 난처하다. 게다가 약속이 있어도 내가 누구를 밖에서 왜 만나는지 자세히 설명하고 싶지 않을뿐더러 약속이 없는 날은 딱히 둘러댈 말도 없다. 밝은색 옷을 입거나 조금만 멋을 내도 하루 종일 "오늘 어디 가냐"는 인사에 시달려야 한다. 반면, 어두운 계열의 옷을 입으면 무척 편하다. 쓸데없는 관심으로부터 자유로워지고, 다음 날 어떤 옷을 입을지 크게 고민하지 않아도 된다. 검은색 옷을 입는다는 건 마치 '불필요한 관

심은 사양합니다'라는 간단한 메모를 가슴팍에 새긴 효과를
준다.

혹시 기회가 된다면 (그럴 기회가 딱히 없으시길 바라지만) 점심
시간에 세종시 정부청사 앞에 한번 가보시길. 분명 성인인데
흡사 교복을 입은 듯 보이는 사람들이 줄지어 쭉 걸어가는 광
경을 볼 수 있다. 남녀를 가릴 것 없다. 걸음들은 어찌나 빠른지
세종시 주민들은 검은색 옷을 입고 우르르 몰려가는 공무원을
가리켜 "개미 떼가 간다"고 말한다는데….

종종 버스를 타거나 지하철을 타면 스마트폰에 몰두하느라
역을 지나치게 된다. 하지만 출근길만큼은 예외다. 역을 지나
친 적이 아직 없다. 삐져나온 시야 틈으로 어두운 기운이 한꺼
번에 몰려나간다 싶으면 백발백중 정부청사 역이다. 개미 떼의
덕을 본다. 머리가 길지만 검은 롱 패딩을 입은 사람, 빨간 백을
들었지만 검은 코트를 입은 사람, 뿔테 안경을 썼지만 검은 숏
패딩을 입은 사람 사이로 나도 한 마리 개미가 되어 묘한 동질
감을 느끼며 청사 정문을 통과한다. 주의하시라. 만약 노란 패
딩을 입었다면 청사 외부에서부터 100퍼센트 신분증 검사를
당할 테니.

명품이라고 부를 만한 옷도 피하는 편이다. 특히 상표가 도 드라지는 겉옷은 표적이 되기 쉽다. "요즘 살 만한가 봐?" "명품은 달라달라" "이런 건 얼마나 해?" "오, 역시 부르주아야" 정도 인사는 양반이다. 월급쟁이 부모님을 지역 유지로 만들어 부르기도 예사. 마찬가지로 아내는 부잣집 딸이 되고 나는 갖고 있는 주식이 없는데 투자의 귀재로 불리기도 한다. 실제로 법원 공무원으로 일하는 친구에게서 들은 이야기다. 수습 기간에 명품 가방을 들고 출근했다 직장 상사로부터 따로 주의를 받았다고 했다. 직장 내 위화감을 조성하지 말라는 말을 들었단다. 한마디로 거슬린다는 거였다. 이런.

난 대단한 패셔니스타는 아니지만 갈수록 트렌드에 무감각해지고 센스마저 사라져가고 있다. 더 큰 문제는 창의적이라고 자부했던 사고의 흐름마저 제자리에서 쳇바퀴를 도는 기분이 든다는 점이다. 나의 전형적인 패션은 검은색 정장을 기본으로 남색과 짙은 회색을 번갈아 입을 뿐이다. 동절기가 되면 동복으로 하절기가 되면 하복을 꺼내 입는 게 전부다. 검은 옷에 갇혀서일까, 사무실에 앉으면 새로운 생각이 나지 않는다. 여전히 옷 가게에서는 직업병처럼 검은색 후리스, 검은색 맨투맨,

검은색 추리닝 바지부터 고른다. 어차피 입을 일이 잘 없을 것 같아 색깔 있는 옷은 쳐다보지도 않는다.

온갖 색의 옷을 잘 사 입는 동생이 가끔 집에 놀러오곤 한다. 오히려 자기는 검은색 옷이 필요하단다. 어쩐지 자주 내 옷장 문을 열며 탐욕스러운 표정으로 나를 쳐다보더라니. 창의력이 고갈된 기분이 들 때 동생 집을 놀러가야겠다. 색깔 있는 옷 몇 벌쯤 훔쳐오면 사고가 창조적으로 변할 것도 같다. 여태 검은 색 옷으로 꽉 찬 옷장이 내 안의 창조성을 말살한 기분이다. **형식이 실질을 결정한다는 말을 어느 정도 믿을 수밖에 없죠.**

무모했던 어떤 시도에 관하여

꿈속의 나는 익명의 사람들로부터 혼나고 있었다. 공무원이라면 국민의 명령에 복종해야 하고, 그건 국민을 상대하는 자세가 아니라고 했다. 공직 기강이 해이해졌다는 댓글이 달렸다. 수염을 길러봤다는 이야기를 글쓰기 플랫폼 브런치에 썼다가 호되게 뭇매를 맞았다.

누구나 자신의 신체 부위 중에 믿음직스런 곳이 하나쯤 있기 마련이다. 내가 아는 친구 한 명은 키는 작은데 손가락이 길다. 사람을 처음 만날 때마다 "제가 키는 작아도 손가락은 가늘고 옥처럼 아름답습니다"며 손을 활짝 펴 보인다. "키가 조금만 컸어도 배구 선수로 성공했을 텐데요." 그다음 말도 능숙하게 이어간다. 내게는 귀밑부터 턱까지 난 조촐한 수염이 자랑거리다. 덥수룩하게 호걸형으로 나는 것도 아니고 간신배 수염처럼 얇게 자라지만 아무튼 관자놀이에서부터 턱까지 선을 이을 정도가 된다. 멋져서라기보다 모두가 이런 모양의 수염을 갖지는 않으니까 나름 믿는 구석인 셈이다.

회사를 떠나 며칠 멀리 출장을 다녀올 일이 있었다. 주말까지 겹쳐 5일 정도 사무실을 비우게 됐다. 바쁘기도 했고 여기저기 다니다 보니 면도를 잊었다. 면도를 하루 이틀 안 했을 때는 수염이 검은 깨를 빼곡하게 뿌려놓은 모양이라 보기 흉하지만, 그 시기만 지나면 그래도 모양새를 갖추게 된다. 귀밑에서부터 턱까지 수염이 이어지자 내 기준에서는 '음, 역시 믿음직스런 모양이 나왔군'이란 생각을 하게 됐다. 이왕 기른 김에 잘 다듬기만 하고 출근해보고 싶다는 욕심이 생겼다.

처음 며칠은 수염을 보고 아는 체를 하는 사람이 역시나 좀 있었다. "어쩌려고 그래?" "좀 아닌 것 같은데…"라고 대놓고 말하는 사람은 없었지만 몇몇의 눈빛은 그렇게 말하기도 했다. 수염을 기르고 출근한 지 보름 정도 된 것 같다. 놀라운 점도 있었다. 자르라고 진지하게 명령하는 사람은 없었다. 의외이지 않은가. 일체감을 중시하는 공무원 사회라도 이제는 개인의 취향을 받아들일 준비가 약간은 된 걸까. 혹은 그것을 굳이 말로 표현해서 서로 얼굴 붉힐 필요까지는 없다는 의도적 무관심 때문일까.

오히려 나를 아끼는 내 주변 사람들은 내게 대놓고 말했다. "공무원이 이렇게 수염 길러도 돼?" 진짜 궁금증부터 "윗사람들은 뭐라 안 해?"라는 걱정까지. 어머니는 당연히 정리하라 하셨다. 아들이 회사에서 튀길 바라는 부모님은 없을 테니까.

꿈속의 나는 이런 상상을 해봤다. 박지성부터 손흥민까지, 당대 최고 인기 스포츠 스타를 모델로 세우는 해외 유명 면도기 광고를 본 적 있으신지. 면도날 시장이 우리 예상보다 크고 또 지속적으로 수요가 창출되는 미래 산업인 모양이다. 요즘 서울의 핫플레이스만 봐도 바버샵이 대유행이다. 옛 이발소를 현대적으로 해석해 남성들의 헤어 및 수염을 관리해주는 곳이다. 자기 개성을 표현하는 방식으로 수염을 기르는 사람도 많다. 수염과 관련된 사람들을 다 모아놓으면 서울시청 앞 광장 정도는 꽉 메울 수 있지 않을까? 그러니까 이들, 그리고 이들로부터 파생되는 산업까지 그 시장을 가장 잘 이해할 수 있는 공무원이 있다면 수염을 기른 공무원이 아닐까라는, 변명처럼 들릴지 모를 이야기가 하고 싶었다. 안 해본 것은 알 것 같을 뿐이지 사실 알 수 없는 것에 가깝다.

사회가 뿜어내는 욕구와 요구는 시간이 갈수록 다양해지고 있다. 그런 사회적 수요를 이해하고 소화해내려면 공무원들의 구성과 생각 역시 다양해질 필요가 있다. 갖고 있던 개성마저 소멸시켜버리는 곳이 공직 사회라면 사회가 원하는 정책을 만들고 생산하는 데 한계가 존재할 것이다.

수염을 기르기로 결심했을 때, '한 달 정도는 그 어떤 간섭과 눈치에도 유지해보겠다'고 속으로 선언했는데 얼마나 지킬 수 있을지 모르겠다. 사무실에 출근했는데 내 수염을 보고 나이가 지긋하신 꽤 높은 직급의 상사가

"그래, 공무원 사회도 이젠 변해야지. 저마다 개성을 표현하는 시대니까. 공무원들도 굳이 뒤처지기만 할 필요 있어? 오히려 공무원 개개인이 패션과 라이프스타일을 선도하는 시대가 되어야지. 그래야 번뜩이는 정책이 나오지. 잘했네, 자네"

라고 말해주는 건 역시 내 꿈 속의 일이다.

공무원인데 SNS를 해도 괜찮을까요?

'너, 요즘 일은 안 하고, SNS만 한다며?'

라는 카톡을 받은 순간 얼어붙고 말았다. 얼마 안 됐다. 개인
SNS 계정에 일상을 올리기 시작한 지. 대단한 내용도 아니었
다. 하루하루를 사진으로 포착하고 문득 느낀 감정을 지인과
공유하는 정도였다. 사진을 올리는 데 그리 많은 시간이 필요
하지도 않았다(최근 들어 좀 자주 올리긴 했지만).

내게 톡을 보냈던 그는 직장에서 친하게 지내는 동료였다.
'너'라고 부를 수 있는 몇 안 되는 동료 중 하나다. 친했어도 그
와는 역시 직장 동료 관계라 암묵적으로 서로의 계정을 팔로우
하지 않았다. 그가 내 인스타 소식을 알게 된 경위가 궁금했지
만 굳이 물어보지는 않았다. 누가 어디서 무엇을 했다는 이야

기라면 어떤 식으로든 소문이 잘 도는 곳이 회사다. 기분이 썩 유쾌하진 않았다. SNS를 했을 뿐인데 '일 안 하는' 직장인이 됐다. **현실이 이렇습니다.**

고백하자면 개인 SNS 말고도 나는 브런치라는 글쓰기 플랫폼에 직장생활이나 일상 이야기를 써서 올리고 있다. 짧은 코멘트도 아니고 불특정 다수에게 노출된 공간에 장문의 글을 쓴다는 부담감이 있다. 어떤 글은 포털 메인 화면에 노출되기도 한다. 누군가 읽어도 읽을 상황이 만들어진다. 실제로 뜻하지 않은 곳에서 데면데면한 동료로부터 "응준 씨, 글 잘 봤어요"라는 인사를 받을 땐 '헉' 하게 된다. 깜짝 놀란 마음을 요령껏 숨기고 밝게 인사하지만 결코 반가울 리 없다. 그렇다고 "무슨 상관이세요?"라고 쏘아붙이고 싶진 않다. 나 역시 오픈된 공간에서 동료의 글을 우연히 읽게 된다면 어떻게든 아는 척을 하고 싶을 테니까. 나도 그런 인간인데 남의 관심에 유별나게 반응해봐야 가소로운 짓은 아닐까.

물론, SNS를 하기 위해 콘텐츠를 만들고, '좋아요'가 눌리는지 계속해서 신경 쓰고, 남들의 삶을 들여다보며 질투하고 부러워하는 모든 시간의 총합을 더한다면 그것이 결코 작지는 않을 것이다. 과도하게 커진다면 회사생활에 방해가 될 수도 있다. 의도와는 다르게 SNS로 인해 오해가 생기거나, 괜한 구설에 오를 가능성도 충분히 존재한다. 심지어 최근에는 회사에 신고까지 하는 사람들이 있다고 친구에게 들었다. 멀리 출장을 갔다가 퇴근시간 무렵 그곳에 사는 지인을 만나 함께 사진을 찍고 SNS에 올렸을 뿐인데, '출장 가서 땡땡이 치고 있다'며 신고하는 사람도 실제로 존재한다.

"온라인은 사적인 공간이잖아요, 내버려두세요"라고 말하려는 것은 아니다. 개인 공간이지만 활짝 열어놨다면 열린 공간이라고 생각한다. 가십이나 예기치 못한 회사 사람의 반응이 두렵다면 SNS는 비공개로 운영하거나 하지 않아야 맞다. 특히 대기업이나 공무원 같은 수직적이고 폐쇄적인 조직에 속한 사람이라면 더욱 그렇다. 조직의 장들 중에는 의외로 헤비 SNS 유저가 많은데 이는 아무래도 그들이 조직 내 평판이나 구설로부터 자유로울 수 있기 때문 아닐까. 조직의 장인데 누가 함부로 돌을 던지겠는가.

아무튼, 나는 SNS를 하고 있다. 내게는 이것이 긍정적으로 작용하는 면이 있다. 지극히 개인적인 이유는 두 가지다.

하나는, SNS를 하며 다양한 콘텐츠를 흡수하게 되는 점이 좋다. 나는 가만히만 두면 주말에는 온종일 집에서 먹고 자고 누워서 지낼 사람이다. 그러니까 '내가 무엇을 좋아하고 다른 사람들은 어떤 것에 열광하는지' 그런 관심보다 그냥 오늘 하루 게으르고 편하게 보내면 그만인 것이다.

그런데 아무래도 SNS를 하다 보면 잡지나 영상, 카페나 전시관을 일부러라도 찾게 된다. 사진도 찍어야 하고, 남들이 무엇을 좋아하는지 나도 알고 싶어지기 때문이다. 물론 '보여주는' 삶을 위해 보여줘야 할 것을 발굴한다는 관점에서 보면 지극히 비효율적일 수 있다. 하지만 일상에서 새로운 무엇을 발견하고, 가족과 시간을 보내며, 사람들과 소통하는 데서 오는 만족감이 있다. 직장생활을 하며 비슷한 사람만 만나고 비슷한 생각만 공유할 뻔했는데 SNS 덕분에 다양한 세계의 사람과 소통할 수 있어 좋았던 것이다.

SNS를 통해 처음 알게 되어 이젠 안부를 주고받는 사이까지 이른 사람이 있다. 그는 스타트업 마케터로 일한다. 마케터만의 시각으로 일상에서 마주치는 사소한 것들의 의미를 발견하고 팔로워에게 생각을 전달하는 사람이다. 가끔 잡지에 기고도 하고 자신의 회사생활도 소개한다. 공무원들은 무언가를 팔거나 홍보해야 살아남는 직업은 아니다. 그래서 정책을 고생해 만들어도 그것을 홍보하고 대중에게 전달하는 데 익숙하지 않다. 반면 스타트업계에서 일하는 사람들에겐 자신들의 제품을 홍보하고 알리는 일이 생존을 좌우하는 중요한 문제다. 절실한 조건에서 일하며 날카로운 시각으로 세상을 바라보는 그의 메시지가 내게 강한 자극과 영감을 줄 때가 많다. 덕분에 내 업무를 하면서 한 번쯤 더 고민하게 되고, 그였다면 어떻게 생각했을지 이입도 해보는 등 다양한 방식으로 사고하게 된다. 이건 분명히 긍정적인 영향이라 부를 만하다.

둘째는, SNS가 나의 정체성을 형성하는 데 도움을 준다. 내가 '나'란 상품에 스토리를 입혀보고 내 의견을 자유롭게 표현해 보기 때문이다. SNS를 통해 내 생각을 이야기하고 수정해가면서 '나'란 사람의 정체성을 만들어가는 과정도 일상을 주체적으로 사는 한 방법 아닐까. SNS 세상에서 타인과 나를 비교하느라 굳이 자의식을 스스로 훼손하지만 않는다면 말이다.

물론 화장실 소변기 앞에 서서 문득 옆 사람과 눈이 마주쳤는데 "어제 SNS 잘 봤어요"라는 인사를 받는 건 불쾌한 일이다. 아무리 태연한 척하려 해도 조금은 민망하기 마련이다. 이왕 뻘쭘한 김에 "좋아요 열심히 눌러주세요"라고 말한다. 앞으로 자주 겪어야 하는 일이라면 뻔뻔해질 필요가 있다. 회사 생활이 오래될수록 뻔뻔해지는 내 모습이 낯설면서 익숙하다.

내게는 SNS가 일상에서 하나의 중요한 일과로 자리 잡았다. 사진을 찍어 올리기엔 잘생긴 얼굴도 아니고, 글을 위트 있게 쓴다거나, 생각을 날카롭게 이야기하는 수준은 아니지만, 그래도 SNS에 가능한 한 솔직하게 쓰려고 노력한다. 언젠가 스스로 지쳐서 모든 SNS 계정을 닫는 날이 올 수도 있고, 반대로 SNS 세계의 인플루언서가 되는 꿈도 꿔보지만 어떻든 상관없다. 요즘 딱 재미있게 즐기고 있다. 좋은 사람을 만나고 좋은 이야기를 나눌 수 있는 개인적 공간이 지금으로선 딱 알맞게 소중하다.

상시학습과 벼룩과 물고기

　연말이면 사무실에서 꼭 볼 수 있는 두 유형의 사람이 있다. 연가를 쓰고 출근한 다음 "나 오늘 연가 썼는데 나왔어"라는 말을 덧붙이는 사람과 하루 종일 인터넷 강의를 켜놓는 사람. 이게 다 연말 성과평가 때문이다.

　매년 공무원 조직은 부서 단위로 성과를 평가한다. 그해 추진한 정책의 실적을 주로 평가받는다. 하지만 평가라는 게 좋은 점수를 받는 것보다 받아야 할 점수를 잃지 않는 것이 더 중요하다. 그렇다 보니 정량적 평가에 전력이 집중된다. 평가 항목 중에는 주어진 연가 중 일정 정도를 소진해야 한다는 기준이 있다. 이미 그 비율을 충족한 사람은 상관없는데 의외로 한 해가 가도록 목표치에 미달한 사람들이 많다. 격무에 시달리는 부서도 있고, 눈치가 보여 연가 사용이 자유롭지 못한 부서도 있어서다. 물론 나로서는 연가를 쓰고 출근하는 일을 상상할 수 없는 입장이지만, 아무튼 사람들이 연가를 내고 출근하는 일은 주로 연말에 집중된다. 연가인데 출근한 날을 굳이 상상해봤다. 나 역시도 연가 쓰고 출근했다는 말을 동네방네 하고 다닐 것만 같다. 억울함도 알리고 이왕 이렇게 된 거, 회사에 충성심도 보여줄 좋은 기회다.

피해갈 수 없는 평가는 한심하지만 또 있다. 바로 '상시학습'이다. 상시학습이란 공무원들이 연간 100시간 이상의 교육훈련을 이수하도록 2007년부터 의무화한 제도다. 각종 워크숍 참여, 정책현장 방문 등 다양한 범위를 학습시간으로 인정해주지만 그것만으로 100시간을 채우기란 불가능하다. 아무 대비 없이 12월을 맞이하면 적어도 50시간 이상의 이수시간을 남겨두게 되고 모자란 시간은 사이버교육센터의 인터넷 강의를 활용한다.

매회 강의는 1, 2분마다 화면을 클릭하도록 구성되어 있다. 틀어놓고 다른 업무 보지 말라는 거다. 중간중간 퀴즈도 있다. 하지만 제대로 수업을 듣는 사람은 잘 없다. 동기들 사이에는 ○○사이트의 □□강의가 인기다. 클릭을 적게 하고 수료할 수 있어서다. 하릴없이 컴퓨터로 인강이나 틀어놓고 멍하니 모니터만 바라보는 서로를 딱하게 여긴다. 하루에 들을 수 있는 최대 강의도 6, 7강 정도로 정해져 있어 12월 초부터는 거의 매일 들어야 100시간을 채울 수 있다.

처음엔, 이렇게 허투루 보내는 시간이 공무원을 멍청하게 만든다고 클릭 한 번에 욕 한 번 했다. 이젠 이런 형식적인 평가도 익숙해진다. 그저 12월 초가 되면 자연스레 작년에 들었던, 수료가 쉬운 강의를 다시 찾아 듣는다. '또 연말이 왔구나' 하고 생각할 뿐이다. 공무원의 형식주의 이야기를 시작하자면 이 글을 끝마칠 수 없을 것 같다. 그래서 말인데 벼룩과 물고기 이야기는 어떠신지.

벼룩은 몸길이가 2밀리미터에 불과하지만 자기 몸의 137배인 27센티미터나 높이 뛸 수 있다. 그런 벼룩을 잡아 5센티미터 플라스틱 병에 뚜껑을 닫고 가둬두면 어쩔 수 없이 병 안에서만 뛴다. 이후에는 병에서 꺼내놓아도 5센티미터 이상을 뛰지 못한다. 병 속에서 한계를 학습하고 정확히 그만큼만 뛰는 것이다.

비슷한 내용으로 수족관의 물고기 실험이 있다. 대형 수족관에 물고기를 살게 하고 가운데 투명 유리판을 설치한다. 물고기는 자연스레 투명 유리판을 지나 반대편으로 가려 하지만 유리벽에 부딪친다. 몇 번 정도 연속해서 부딪치면 물고기는 유리판이 없어도 반대편으로 건너가지 않는다. 심지어 반대편에 먹이를 놓더라도 이미 유리벽을 경험한 물고기는 경계를 넘지 않는다. 서커스를 하는 호랑이도, 코끼리도, 원숭이도 이런 식으로 정해진 조건 안에서 길들여진다.

《문제는 무기력이다》의 저자 박경숙은 벼룩과 물고기 실험을 소개하며 인간은 동물에 비해 학습 능력이 뛰어나기 때문에 무기력을 더 쉽게 학습한다고 했다. '무기력은 한 사람의 인생을 황폐하게 만들어버린다. 따라서 무기력의 한계를 돌파하지 못하면 생의 마지막까지 아무런 희망 없이 하루하루를 마지못해 살아갈 수도 있다'는 말도 덧붙였다.

처음 직장생활을 시작할 땐 납득하기 어려운 일들이 많았다. 회의용 펜 받침 위 펜의 개수와 순서까지 신경 쓴다거나, 보고서는 어떤 경우에도 결재서류판에 받쳐 보고해야 한다거나, 스테이플러만 찍어도 될 문서를 스프링 노트로 만든다거나, 스마트워크센터* 이용 횟수를 채우기 위해 일도 없는데 출장을 다

---

* 공무원 또는 공공기관 직원이 원래 근무지가 아닌 주거지와 가까운 지역에서 근무할 수 있도록 IT 인프라 등이 갖춰져 있는 원격근무용 업무 공간.

녀온다거나, 혼자 가도 되는 출장을 의전이라며 부하 직원을 데려가고 운전까지 시킨다거나, 실질로부터 벗어나는 온갖 형식주의에 분노를 금치 못했다. 처음엔 교묘하게 반항도 해보고 대들기도 해보고 거부도 해봤지만 그런다고 변할 일이 아님을 깨닫자 자연스레 순응하게 됐다. 나를 가끔 소름 돋게 하는 건, 무의식 중에 내가 무기력하게 변해가고 있다는 점이다.

이런 식이다간 불과 5년만 지나도 후배들로부터 '그놈이 그놈'이란 소리를 들을지 모르겠다. 예컨대, "저 선배 젊은 땐 패기라도 있었는데 이젠 그것마저 사라졌네"라든지 "개구리 올챙이 적 생각 못 한다더니 오히려 형식을 더 따지네, 어휴 배신감 들어"와 같은 말들. 내가 혐오했던 사람으로 나 자신이 변해가는 현실만큼 괴로운 일이 있을까. 용기를 내야 할 것 같다. 벼룩이 5센티미터 높이 위로 뛰어넘을 용기, 물고기가 유리벽 반대편으로 넘어갈 용기, 불필요한 형식주의에 지속적으로 의문을 제기할 용기 말이다.

나는 어떤 상사가 되고 싶은가

'방구석 여포'라는 말을 아시나요. 밖에선 조용하지만, 집 안에서만큼 삼국지에 등장하는 장수 여포처럼 기세등등한 사람을 일컫는 말이다. 네, 그렇습니다. 제가 집 안에서 방구석 여포로 불리는 못난 인간입니다.

사람이 매력을 발산하는 포인트는 말할 것도 없이 일관성에 있다. 앞과 뒤의 태도가 같고 정직해서 신뢰가 가는 사람 말이다. 그런데 인간이라는 존재가 카멜레온과 비슷한 면이 있어서 경우에 따라 다른 가면을 쓰기도 한다. 상황이 만만하다 싶으면 필요 이상으로 거만하게 굴다가 을의 위치가 되면 한없이 비굴한 얼굴을 한다.

식당에서 밥을 먹다 머리카락이 나오면 '그냥 먹지, 뭐'라며 스스로를 타이르던 내가 어린 시절에 어머니가 끓여준 반찬에서 머리카락이 나오면 "이거 뭐냐"며 괜히 인상을 팍 썼다. 사무실에서는 함께 출장가기로 했던 옆 동료의 채비가 길어져도 '천천히 하세요'라는 친절한 눈빛을 보낸다. 그래 놓고 외출을 앞두고 아내의 준비가 좀 길어진다 싶으면 현관문에 서서 얼른 나가자고 재촉한다. 밖에서는 아무 소리 못하는 인간이 같은 울타리 안에 함께 사는 존재에게는 여포처럼 짐짓 위엄을 부린다. 그러다 아내가 한마디 꽉 하면 깨갱 할 거면서.

요컨대 내가 하고 싶은 말은 사실 지금부터다. 나는 어떤 상사가 되고 싶은가. 다른 건 모르겠고, '방구석 여포'만큼은 되고 싶지 않다.

공무원생활을 오래 한 선배나 간부를 내부에서 직접 상대해 보면 그들의 노련함에 깜짝 놀랄 때가 있다. 특히 간부 공무원의 경륜과 통찰력은 타의 추종을 불허한다. 일의 맥락을 짚고, 그것이 흘러가는 방향을 예측하며, 단계별로 대안을 마련하는 능력이 탁월하다. 한두 마디만 듣고도 이 일이 되는 일인지 안 되는 일인지 빠르게 구분한다. 본받을 점이 분명히 있다. 하지만 이런 노련미가 다른 방식으로 사용되어 실무자를 괴롭히는 순간도 종종 생긴다.

노련미라 함은 강한 사람 앞에 약하고 약한 사람 앞에 강함을 의미할 수 있어서다. 일을 하러 나오면서 '이거 정말 귀찮은 일이군' 하며 한숨을 쉬다가도, 그것이 합리적인 원인에 의해 시작된 일이라면 받아들이게 된다. 그런데 일 중에는 단순히 외부의 말도 안 되는 말 한마디에서 시작해 조직 전체가 방방 뛰며 매달리는 경우도 있다. 의원, 기자, 민간 협회, 전문가 단체 등이 간단한 이의를 제기했을 뿐인데 외부에는 아무 대응 못하고 아랫사람만 닦달하는 상사들이 있는 것이다. 사소한 지시라도 위에서부터 아래로 내려가다 보면 일이 눈덩이처럼 불어난다. 지시를 받은 바로 아랫사람은 잘 보이기 위해 해결책한 가지를 덧붙이고, 그 아랫사람은 또 잘 보이기 위해 다른 한가지를 덧붙이는 식이다. 일이 몇 단계 걸쳐 내려오다 본질은 어느새 사라지고 만다. 실무자는 '위에서 이런 일은 좀 막아줄 수 없을까' 싶은 마음을 숨긴 채 어느새 쓸모없는 조사를 하고 옆과에 협업을 요청하며 불필요한 보고서를 작성한다.

어느 책에선가 읽었는데 위로 하는 연대는 추종이고 영합일 뿐이라고 했다. 연대의 방향이 아래로 향하면 좋겠다. 어디를 기준으로 삼든 항상 아래쪽에 다수가 형성되어 있기 때문이다. 조직이란 곳은 윗사람이 오늘 어떤 기분인지, 상위 기관의 동향은 어떤지 등에만 관심을 쏟는다. 한 사무실, 같은 조직에 있는 사람끼리는 서로 어떤 어려운 점이 있는지 모르고 지낼 때가 많다. 업무를 하는 데 문제는 없는지, 집안에 안 좋은 일이 있는 건 아닌지, 몸이 아픈 데는 없는지 우연히 대화를 나누다 보면 물어보거나 말하지 못했던 것이 참 많았음을 발견할 수 있다. 물은 위에서 아래로 흘러 바다를 이룬다. 위에서부터 아래로 공감과 관심과 애정이 흘렀으면 좋겠다.

'방구석 여포형 상사'는 정말 피하고 싶은 미래의 모습이다. 물론 이것이 얼마나 어려운 목표인지 시간이 흐를수록 깨닫고 있다. 아니면 아니다, 옳으면 옳다고 말하는 대신, 좋은 게 좋다고 말하는 것이 조직생활을 편히 하는 훌륭한 방법임을 배우고 있기 때문이다. 내가 생각하는 가장 매력 없는 사람은 약자에게는 강하고 강자에게는 약한 사람, 즉 방구석 여포형 인간인데 이와 반대로 행동하는 훌륭한 사람을 직장에서 찾기 어렵다. 의외로 조직에서 이너서클을 형성하는 부류 중에는 반대인 경우를 자주 본다. 윗사람에겐 한없이 깍듯하고 아랫사람은 쥐어짜는 사람들 말이다. 확실히 쉽지 않은 일이다. 나도 결국은 집에서나 큰소리 치는 인간이니.

정시에 퇴근하는 데는 이유가 있습니다

일찍 잠들기 위해 정시에 퇴근한다.

뭐야, 시시하게,라고 생각할 수 있지만 절대 시시한 이유가 아니다. 혹시 '시간 총량 불변의 법칙'이라고 들어보셨는지. 당연히 들어보셨을 리 없다. 나 혼자 지어낸 나를 위한 용어로써, 퇴근하고 잠자리에 들기까지 걸리는 총 시간을 의미하기 때문이다. 예를 들어, 퇴근하고 집에 도착한 시간이 오후 8시고 잠을 자기 위해 누운 시간이 자정이라면 4시간 불변의 법칙이 성립된다. 그러니까 집 대문을 열고 들어온 순간부터 나는 4시간이 지나야 잠을 잘 수 있는 것이다. 시간 총량 불변의 법칙에 의해 10시에 들어온 날은 이상하게 꼭 새벽 2시에 잠을 청하게 된다. 결론은, 퇴근 무렵 피곤한 기색을 보이는 내게 "밥만 먹

고 가서 일찍 자면 되잖아"라는 말은 의미를 상실한다는 것이
다. 늦게 들어가면 늦게 자게 돼서 다음 날 피곤하다니까요.

　직장인에게 저녁 회식의 의미는 남다른 것 같다. 이왕이면
아직 잠이 덜 깬 점심시간보다 감성적이고 은밀한 저녁에 만나
술잔까지 주고받아야 비로소 밥을 먹었다고 생각한다. 저녁 회
식 횟수라는 것도 기본 값 자체가 높게 형성된다. 새로운 부서
원이 왔으니 환영 회식, 누군가 다른 부서로 갈 땐 환송 회식,
명절을 앞두고 회식, 당연히 송년회와 신년회, 단체로 장거리
출장을 갔다 늦어진 김에 회식, 의미 있는 일이 끝났을 때 회포
를 풀자며 회식 등 "오랜만에 회식이나 합시다"라고 이야기하
지만 엄밀히 말해 '오랜만'인 경우는 잘 없다. 저녁이나 함께하
자는 동료의 개인적인 제안도 '우리 이번 기회에 친해져봅시
다'라는 의미를 담고 있는 경우가 많아서 다음에 보자고 미루
기 굉장히 난처하다. '저는 친해질 생각이 없어요'라고 선을 긋
는 것처럼 들릴까 봐서다.

　최대한 상대방이 무안하지 않도록 완곡하게 거절 의사를 표
현하지만 그다음이 더 문제다. 차마 딱 잘라 안 된다 말하지는

못하고, "오늘 피곤해서요…" "오늘은 좀 일찍 집에 가봐야 해서요…"라든가 "좀 일이 있어서요…"라는 식으로 말끝을 흐리며 여지를 뒀다간 단박에 "밥만 먹고 가요. 안 붙잡을게요"라고 하니까. 속마음을 말하고 싶다, 이렇게.

'미안해요. 저는 4시간 총량 불변의 법칙에 걸려 있어요. 12시에 잠들기 위해서는 퇴근하고 바로 집에 가야만 해요. 밥만 먹더라도 2시간은 걸리잖아요. 그럼 자는 시간도 2시간 미뤄야해요. 새벽 2시에 잠들면 다음 날 피곤하단 말이에요. 저녁 시간을 누군가에게 내어줄 만한 여유가 저에게는 없어요. 퇴근하고 한시라도 빨리 집에 돌아가 시간을 허투루 쓰더라도 그 시간을 꼭 써야만 해요. 그래야 잠들 수 있거든요.'

특별히 하는 일도 없으면서 퇴근 후 4시간은 쏜살같이 흘러간다. 저녁 8시에 집에 도착해 간단히 저녁밥을 먹는다. 소화시킬 겸 소파에 누워 스마트폰을 한다. 밀렸던 SNS 게시물을 훑어보고 놓친 인터넷 기사는 없는지 살펴본 다음 때론 깜빡 그자리에서 졸기도 한다. 잠깐 방심한 날은 셔츠를 입은 채 새벽까지 자기도 한다. 소파에서 일어나 컴퓨터 앞으로 향하고, 아무 생각 없이 컴퓨터를 하면서도 '헬스장 다녀와야 하는데…' 이 말을 속으로 백 번쯤 하지만 이내 체념한다. 어제도 안 갔으니 오늘도 안 가게 된다. 금세 밤 11시가 된다. 다시 스마트폰을 만지작대다 예능 영상을 보면 12시다. 이렇게 시간을 허비할 바엔 일찍 잠이라도 자는 편이 컨디션을 유지하는 데 유리할 거란 생각도 여러 번 한다. 괜히 늦게 자느라 피곤에 찌들다 보면 이런 한심한 인생이 있나 싶어진다. 그런데 4시간 불변의 법칙을 깨고 일찍 잠든 날은 왠지 모르게 억울하다.

어떤 책에서 흥미로운 얘기를 읽었다. 인간은 자율성을 잃으면 상심하는 존재이고 상심한 마음이 회복되기 위해서는 달래주는 시간이 반드시 필요하다고 저자는 말했다. 내가 터득한 슬기로운 직장생활 중 하나가 직장에서 내 생각과 의지를 지우기다. 그러고 보면 퇴근하고 잠들기 전까지 그 자유롭게 쓰는 시간이야말로 나의 잃어버린 마음을 달래고 어루만져주던 셈이다. 무거운 짐을 들 땐 오른손으로 들지만 왼손으로 바꿔 들어줘야 균형이 잡힌다. 조직을 위해 시간을 썼으니 나를 위해 시간을 써야 안정이 된다. 퇴근 후 4시간은 나로서 반드시 써야 하는 시간이며 그것을 패스한 다음 날은 회사와 일상이 분리되지 않아 괴로움을 느낀다.

4시간을 확보하기 위해 일찍 집에 들어가다 보면 좋지 않은 뒷말들이 뒤따른다. 이를테면 '저 친구는 조직생활에 협조적이지 않다'라든가 '사회생활을 할 줄 모르는 사람'이라든가 하는. 위로 올라가기 위해 유리한 구석이 없는 뒷말들이다. 이런 손해를 감수하고 집에 왔는데 막상 운동하거나 새로운 취미 생활을 찾지도 않으니 죄책감도 든다. 4시간 총량 불변 법칙에 갇히면 지불해야 할 비용이 참 크다.

하지만 솔직히 말해 이런 정도의 불편은 감수할 각오가 되어 있다. 나는 나름의 방식으로 회사와 친해지기 위해 노력 중이기 때문이다. 이건 나로서는 고무적인 일이다. 4시간을 통해 회사와 일상을 지속적으로 분리하고 완충시킴으로써 직장인으로서의 정체성을 형성해가는 중이다. 매우 멋진 시도 아닌가. 비록 누군가 퇴근 후 내 모습을 보면 한심하다고 생각할지 모른다. 하지만 나는 그 시간 동안 무엇에도 얽매이지 않은 채 나만의 시간을 쓰며 나로서 존재한다. 내일의 출근을 대비하며 말이다.

오늘도 정확히 저녁 8시에 집에 도착해 간단히 저녁을 해결하고 다시 소파에 눕는다. 누워서 스마트폰을 켜면 거기에는 다양한 세상이 있다. 꿈속에 꿈이 펼쳐지는 크리스토퍼 놀란 Christopher Nolan 감독의 〈인셉션Inception〉처럼 세계 속에 또 다른 세계가 있고 나는 그곳에서 또 다른 나를 찾는다. 내가 존재하는 하루가 소중하다.

이런, 금방 12시다.

<u>월요일 점심 한 끼라도 맛있게 그리고 천천히 꼭꼭 씹어가며 먹기로 했다.</u> 먼 미래까지 생각할 겨를은 없다. 당장 월요병에 시달리는 중인데 월요일 점심마저 구내식당에서 대충 때우게 되면 굶주림과 소화불량까지 겹쳐 왠지 일주일을 통째로 날릴 것 같아서다. 사소한 감각을 동원해 즐거움을 찾고 밋밋한 일상에 에너지를 만들어보는 것이다. 그것이 행복한 일주일, 행복한 직장생활을 위한 첫걸음이 되어줄 거라 믿으며… 저만 그렇게 믿는 건 아니겠죠? 괜찮은 방법이겠죠?

2

일단
버텨보겠습니다

최근에 계획이 살짝 틀어졌지만, 애초에 나는 공무원생활을 좀 하다 다른 길을 가려고 했었다. 그래서 입사 초기에는 어쩐지 '원하지 않는 공간에 존재하고 있다'고 느끼기도 했다. 이 때문에 회사에서는 가급적 70퍼센트 이하의 애정과 에너지만 쏟았다. 가령 5번쯤 퇴고해야 하는 보고서는 3번쯤 고치고 제출했고, 발언 기회가 있어도 나서기보단 한발 물러서 관찰자처럼 행동했다. 몰두하지 않는 모습이 쿨하게 보일 수도 있었겠지만 때에 따라서는 조직의 분위기를 해치는 주범으로 보이기도 했을 것이다.

어찌 된 영문인지 벌써 4년째 직장생활을 하고 있다. '그럼 그렇지, 네가 별수 있어?'라는 말을 매일 아침 출근길에 스스로한테 던지며 버틴 지 1,000일이 넘은 셈이다. 그사이 결혼도 했다. 월급이 끊겨서는 좀 곤란해졌고, 이곳을 떠난다고 더 나은 직장을 찾을 리도 없을 것 같다. 요즘에는 좋은 동료들을 만나 쉬는시간만이라도 하하호호 하며 회사를 다니고 있다.

물론 일하는 과정에서 소소한 보람을 느끼기도 한다. 공공의 이익을 위해 일한다는 자부심도 있다. 하지만 공무원도 사람 단위로 나누어보면 결국 한 개인이다. 월급을 받는 월급쟁이니 '얼마나 의미 있는 일을 하는가'보다 자기가 '그 일을 어떤 식으로 받아들이냐' 즉, 자기만의 방식으로 일상에 의미 부여를 해낼 수 있느냐 여부가 직업 만족도를 좌우하는 결정적 요인이 된다. 조직에서 하는 일은 촘촘하게 아래위로 얽혀 있다. 수직적 지시와 수평적 협업이 모두 요구된다. 따라서 개인이 특별한 성과를 창출하기 어려운 구조다. 거대한 관료 조직 안에서의 공무원 역시 자기만의 역량을 발휘해 눈에 띄는 일을 해내고 만족감을 누리기는 어렵다.

그래서 내가 찾은 일상의 의미를 말해보자면 다음과 같다. 내 '이야기'라고 말하고 나니 이미 망한 것 같지만 그래도 나는 희망을 찾아가는 중이다.

토요일 오전 11시쯤 느지막한 시간에 일어나 집 앞 식당에서 아내와 밥을 먹고 날씨가 좋은 계절에는 집 근처 공원으로 산책을 갔다가 다시 집에 돌아와 텔레비전을 보거나 스마트폰을 빈둥빈둥 보다 늦게 잠드는 것. 사실 보잘것없는 주말 하루라고 생각했었다. 그러나 문득 이것이 없는 일상을 상상했는데… 생각하고 싶지 않았다. 끔찍했다. 회사를 다니고 일을 하고 월급을 받는 이유가 보잘것없는 이 주말 하루를 위한 것이라면, 평일의 일상도 그만한 가치가 있다는 생각을 했다.

해외여행? 특별한 취미생활? 솔직히 내 삶에 꼭 필요한 구성 요소
는 아니다. 오히려 하찮게 느껴질 정도로 평범하게 보내는 이 주말 하
루가 내게 없어선 안 될 것 같다. 그래서 직장생활에 투자하는 시간을
소중하게 생각하는 연습도 해보기로 했다. 회사가 아니면 그런 주말도
존재할 수 없을 테니까.

일상이란, 의외로 복잡한 시스템으로 구성되어 있다. 겨울 빙판길
에 발목을 삐끗하기만 해도 그날 하루는 절뚝거리느라 계획했던 약속
도, 운동도, 일도 전부 망치게 될 것이다. 부어오르고 멍까지 차오르면
일주일을 아주 날려버릴지도 모른다. 사실이다. 나는 사소한 일로도
하루가 망가지는 체험을 자주 했다. 하루라 망정이지, 그것이 한 달 혹
은 일 년이라고 생각하면 까마득히 아찔한데 그런 일은 언제든 벌어질
수 있다. 그러니까, 사소한 일상이라도 그것을 떠받치는 무엇들은 얼
마 되지 않는다. 건강은 물론 가족, 날씨 등. 일터 또한 마찬가지다. 물
론, 일하고 시달리며 시간을 쓰는 날은 허무할지 모른다. 그러나 우리
는 거기에서 의미를 발견할 줄 알아야 한다. 그렇게 믿는다.

자신 있게 즐겁다고 말할 수 없는 일이라도 꼬박꼬박 해나가는 것이

완성된 사람이 되어가는 길 아닐까. 게다가 나같이 소심하고 게으른 사람은 조금 불합리하고, 조금 지겹고, 조금 답답하더라도 있는 동안은 최선을 다해 회사생활을 할 수밖에 없는 것이다. 물론, 여전히 승진을 위해 회식 등 불필요한 일에 목숨 걸며 살지는 않지만요.

적어도 3년

지난 이틀간 사표를 쓸지 말지 크게 고민했다. 상사에게 호되게 깨져서라거나 비열한 사람을 만나 인간에 대한 깊은 회의감에 빠졌거나 급작스레 중2병에 걸려서도 아니다. 결국 사표를 쓰지 않았는데, 이것은 마치 계절을 타듯 특정한 시기마다 문득 찾아오는 감정임을 알고 있기 때문이다. 내 입으로 말하기 뭐하지만, 노련미가 생겼달까.

3년 전까지만 해도 나는 '퇴사병'을 심하게 앓았다. 퇴사병이란 게 별게 아니다. 출근이 싫어 아침에 눈을 뜨기 싫은 현상도 퇴사병의 일종이다. 일어나 몸을 일으키기 전, 옆에 두었던 안경을 집어 드는 데 안경이 10킬로그램 아령처럼 무겁게 느껴지기도 한다. 매일 힘든 아침의 연속이지만 유독 괴로운 날이 있다. 그런 날은 항상 사표가 생각난다.

그리고 퇴사의 변을 떠올린다. '가슴 뛰는 일을 하고 싶습니다'는 말은 대책이 없어 보인다. 솔직한 심정으로 '힘듭니다'라고 말할 수도 없는 노릇이다. '다른 분야로 옮겨 더 성공하겠습니다'라면 일단 지금 있는 자리에서 성공하는 모습을 보이는 게 먼저다. 떠오르는 말들이 왜 이토록 나 스스로도 납득하기 어려울까 곰곰이 생각하다 깨달았다. 바로 퇴사병은 직장인이 앓는 자연스러운 병이란 것을.

'그래, 조금 더 버텨보자'라고 스스로를 토닥이는 사이 공무원의 철밥통을 정말 걷어차고 나가는 동료들을 가끔 본다. 얼마 전에도 친하게 지내던 타 부처 친구가 로스쿨에 합격했다며 사표를 썼다. 평소에 불만 없이 열심히 일하던 친구라 깜짝 놀랐다. 유학을 가기 위해 퇴사하는 사람도 있고, 국제기구나 금융 공기업에 취업해 직장을 나가는 사람도 봤다. 중년의 선배님들 중에는 관련 공공기관으로 옮기는 분들도 심심찮게 있다. 불평만 해대며 사표를 쓰겠다고 떠들던 사람보다는 묵묵히 자기 일에 몰입하다 갑자기 박차고 나가는 사람들을 자주 봤다. 속사정이야 짐작할 뿐이지만 에너지를 내부로 결집해 결정적한 방을 날리는 그들에게 경외감이 든다. 한편 질투도 난다. 내 마음 한구석에는 '으이그, 너는 뭐하고 있냐?'는 힐난이 피어올라 스스로 움츠러들게 된다. 동시에 '네가 별수 있겠어?'라고 생각한다. **정말 어쩔 수 없는 인간입니다.**

어느 신문 기사에서 임용 후 3년 이내 퇴직한 서울시 공무원이 5년 사이 4배로 늘었다는 내용을 읽은 적이 있다. 20·30대 공무원 중 35퍼센트는 이직 의향이 있다고 답했다. 그들이 퇴사를 원하는 이유는 무엇일까? 누군가는 배부른 고민이라고 여길지 모르지만 속사정은 들여다볼수록 다양하고 고개를 끄덕이게 한다. 우선 드는 감정은 배신감이라고 한다. 특히 다른 직장을 경험하고 공무원이 된 이들 중에 배신감을 크게 느끼는 사람이 많다. 고된 사기업을 다니다 공직에 들어와 '이런 편한 직장이 있냐'며 대단히 만족할 것 같지만 아닌 사람도 있다. 사기업보다 덜할 것이라 믿었던 피로한 인간관계와 답답한 조직 문화를 경험하고는 혀를 내두른다. 공무원이 첫 직장인 젊은 공무원도 배신감을 느낀다. 사무실에는 본인의 말이 성희롱인지 인지조차 못한 채 아무 농담이나 뱉는 선배들이 아직도 종종 있고, 오직 젊다는 이유로 일을 떠맡기는 선배들 역시 실망스럽긴 마찬가지다.

생활밀착형 업무를 맡은 공무원 중에는 계속되는 사람들의 하대下待로 전의를 상실하거나 마음의 병을 앓는 사람도 있다. 민원대에 앉아 있거나 현장에서 단속 업무를 맡다 보면 욕설질하는 사람을 하루에도 수십 명씩 마주한다. '내가 낸 돈으로 너희가 일한다'는 식으로, 마치 무례한 고용주처럼 처음부터 반말하는 사람도 많다. 폭우나 태풍, 산불 등 재난 업무를 담당하는 공무원들은 워라밸은커녕 주말과 명절도 반납한 채 수시로 비상근무를 선다. 체력이 방전되어 퇴사를 선택하는 동료를 본 적도 있다. 이상과 현실 사이에서 방황하는 케이스도 있다. 막연히 좋은 직장으로 알려진 공직 사회에 아무 생각 없이 들어왔다가 방황한다. 직업 시장이 하향평준화된 탓도 있다. 또래 친구들보다 적은 월급이 아쉽게 느껴질 때도 있다. 2019년 1월 기준 일반직 9급 1호봉 공무원의 봉급은 159만 원이다. 고스펙 젊은이는 단순 업무를 반복하다 '내가 이런 일할 사람은 아닌데…'라는 생각에 좌절하기도 한다.

나의 경우는 확 불타오르는 감정이 문제다. 상사의 지시로 10번이나 수정한 보고서가 결국 첫 보고서보다 못하거나, 패거리 정서와 불필요한 조폭식 의전을 몸소 체험하거나, 나를 죽이고 시키는 대로만 일을 해야 할 때 울컥 퇴사가 떠오른다. 처음엔 이런 감정이 불쑥불쑥 자주 올라와서 괴로웠다.

내가 적응을 어려워하자 나를 아껴주던 많은 선배들은 이구동성으로 3년만 일단 버텨보라고 했다. 자기들도 젊을 땐 다들 사표를 가슴에 품고 다녔다고 했다. 나는 내 자신이 조직에 잘 어울리지 않는 사람인 걸 진작에 알고 있었다. 어떤 조직을 만나도 영구적인 조화는 힘들 거라 생각했다. 그렇지만 일단 3년을, 정말 견디듯 버텨봤다.

4년 차가 되어 내린 결론이 있다. 이곳이 내게 딱 맞는 일터는 아니지만 어차피 그런 일터란 어떤 세상에도 존재할 수 없을 거란 점이다. 일터가 놀러 나오는 곳은 아니기 때문이다. 게다가 공무원 조직은 안정성이란 커다란 장점도 있고 일반 기업보다 상대적으로 복지도 좋다. 불시에 찾아오는 욱하는 감정만 다스릴 줄 안다면 나는 좀 더 버틸 수 있을지 모른다. 오래갈 수 있는 파트너에게는 공통점이 있다. 내 취향을 전부 맞춰주는 사람이 아니라 지혜롭게 함께 맞춰나갈 수 있는 사람이라는 점이다. 그러니까 내 취향에 안 맞더라도 오래가기 위해서는 맞춰가려는 노력이 중요하다. 당분간은 내가 맞춰 가보는 거다.

학교생활이나 직장생활이나 무리 속에서 버텨야 하는 일은 필연적으로 하자가 있고 불만을 부른다. 언론 매체나 사람들이 퇴사에 쉽게 의미를 부여한다고 나까지 현혹될 필요는 없는 것 같다. 차라리 나 자신에게 자주 나에 대해 정확히 말해주는 편이 좋다. 내가 실제보다 나를 너무 높이 평가하고 있지는 않은지, 이것이 일시적인 감정은 아닌지 등 말이다. 직장에서 행복을 찾고 싶다고 믿지만 실제로 내가 직업을 통해 추구하는 건 안정성인지 모른다. 그런 이야기를 스스로에게 하다 보면 내가 느끼는 폭발적인 불만도 어느덧 정상적인 수준으로 변해간다. 그리고 할 수만 있다면 '내일은 나을 거다'는 말이나 '나는 잘해 낼 거야'라는 평범한 말로라도 스스로에게 위로를 전하자. 힘들더라도 희망적인 말들. 그래서 정말로 희망을 만들어내는 이야기들 말이다.

공무원의 월요일은 이렇습니다

쉽지 않은 일이지만, 절대 월요일에 화요일을 떠올리지 않는다. 영화 〈아저씨〉에서 배우 원빈은 악당의 위협에 "나는 오늘만 산다"고 말했다. 두렵지 않음을 그런 식으로 표현했던 걸로 기억한다. **나도 월요일은 월요일만 산다.**

지난 4년 동안 월요일은 특별한 이벤트가 없는 한 거의 비슷하게 보낸 것 같다. 월요일 아침에 일어나기란 정말 지옥같이 괴롭지만 동시에 '별수 없지'라고 받아들이기도 한다. 화요일을 생각하지 않은 채 월요일을 견디고 어영부영 화요일까지 보내면 평일의 절반이 넘어가는 시점이 오고 주말을 맞는 식이다.

월요일 아침에 회사에 도착하면 지하 커피숍부터 찾는다. 언제나 아이스라테를 시키고 우유는 소화가 어려우니 두유로 바꾼다. 무더운 한여름에도 추운 한겨울에도 변함없이 아이스다. 이유는 모르겠지만 열 받은 속부터 가라앉히고 하루를 시작한다. 매번 속에 가스가 차는 이유는 매일 아침 먹는 아이스라테 때문임을 알면서도 포기하지 못한다. 잠도 깨우고 정신도 깨우고 분노도 잠재우려면 아이스만한 게 없다. "오폐수가 흘러 환경을 파괴시킬 줄 알지만 공장을 위해 어쩔 수 없다"고 말하는 악덕 공장장 심정이 된다.

월요일 아침은 대개 주간 회의로 시작한다. 부서장들 사이에서는 '**전달 사항이 없어도 주간 회의는 꼭 하라**'는 말이 불문율처럼 돈다. 다 불러놓고 안부라도 묻고 커피라도 한잔해야 부서장의 권위가 선다고 믿는다. 이상한 데서 휘어잡겠다는 발상이긴 한데, 무튼 이번 주 할 일을 보고하는 다소 형식적인 자리다. 딱히 받아 적을 전달 사항도 아니지만 고개를 푹 숙인 채 부지런히 업무수첩에 써대는 건 월요일 아침부터 여러 직원들과 눈 마주치기 어색해서다. 내 눈에 아직 남아 있는 눈곱을 보이고 싶지도 않다.

주간 회의가 열리기 전에 부서장들은 간부 회의를 먼저 다녀온다. 간부 회의가 나 같은 실무자에게는 참 고마운 게, 그래도 잠시 풀어질 틈을 주니까. 흡연하는 직원은 여유롭게 한 대 태우고 오고, 커피를 애호하는 직원은 텀블러에 취향이 담긴 커피 한 잔을 담아 자기만의 시간을 보낸다. 이런 완충시간이 두려운 월요일을 맞이하는 데 작지만 소소한 에너지를 만들어 준다.

회의나 보고가 월요일 오후에 잡히기도 하지만 급한 회의가 아니라면 자주 있는 일은 아니다. 회의를 잡는 데도 암묵적인 룰은 있다. 일단 화, 수, 목 위주로 일정을 짜다 정 바쁘거나 회의실 예약이 어려운 경우만 월요일 혹은 금요일에 회의를 계획한다. 회의의 효율이나 참석률 등을 고려하면 꽤 합리적인 방법이라고 생각한다.

월요일은 지난주에 밀린 내업*을 처리하거나 한 주의 계획을 잡는 날이니 대부분 사무실에 머무른다. 물론 출장을 가는

• 사무실에서 하는 일을 일컫는 단어.

날도 생긴다. 출장 이야기가 나와서 말인데, 공무원들은 얼마나 자주 출장을 다닐까. 어떤 부서에 근무하느냐에 따라 큰 차이를 보인다. 정책부서(기획, 인사, 예산 등)에 일하는 직원들은 업무 특성상 외부로 출장 다닐 일이 많지 않다. 현장에서 민원을 상대하는 일이 주 업무는 아니기 때문이다. 내부 부서 혹은 상급 기관(국회나 지방의회, 기획재정부, 행정안전부 등)을 주로 상대한다. 출장을 가더라도 업무 협의 차원에서 나가게 된다. 일주일을 기준으로 본다면 출장이 아예 없거나 많아야 한두 번 정도 다니는 것이 일반적이다. 따라서 월요일에 밖에 나갈 일은 굉장히 드물다.

반면, 사업부서 직원들은 출장이 주요 업무에 해당한다. 아무래도 직접 사업을 집행하는 부서라 현장에 나가야 할 일이 많다. 민원인, 이해관계인, 전문가 등과의 외부 회의도 잦고, 사업의 진행 정도와 성과 등을 점검해야 하므로 현장을 자주 찾게 된다. 특히, 일선 집행기관에서 근무하면 일주일 내내 출장을 다니는 일도 심심치 않게 생긴다. 일반적으로는 일주일에 두세 번 정도 출장 다닐 일이 생기는 것 같다. 월요일 출장이 특별한 일은 아니다.

사업부서 중에서도 현안이 걸린 부서와 아닌 부서 간에 차이가 있다. 예를 들어, 해당 과에서 추진한 일이 언론의 뭇매를 맞았다거나 미세먼지나 최저임금처럼 갑자기 사회적 이슈로 떠올랐다면 아무래도 현장에 나가볼 일이 자주 발생한다. 공무원이 하는 일들은 실질적인 효과를 떠나 단순히 '들어줬거나' '한 번이라도 직접 봤거나'에 따라 평가가 크게 달라지기 때문이다. 그래서 일단 문제가 터지면 나갔다 와야 한다. 덕분에 의미 없다고 느껴지는 출장도 다수 존재할 수밖에 없는 현실이지만, 어떤 경우에는 상징적인 행위 자체만으로도 의미가 있다. 꼭 부정적으로만 볼 일은 아니다. 그렇게라도 나갔다 오면 평소에 지나쳤던 문제를 발견하기도 하니 말이다.

출장 없이 여유로운 월요일 오후라면, 미리미리 그 주에 해야 할 일을 해둔다. 화, 수, 목은 기존에 계획되었던 일정뿐만 아니라 갑자기 잡힌 일 등이 더해지면서 폭풍처럼 지나갈지 모른다. 월요일에 대비해두면 큰 도움이 된다. 결과 보고서를 몰아서 쓰기도 하고, 회의에 관련된 계획서와 자료를 준비하기도 한다. 월요일엔 대체로 야근을 지양하는 분위기다. 월요일부터 달리다간 일주일을 위한 체력이 금방 소진될 수 있다. 이 정도는 다들 몸으로 체득한 것 같다.

어느 일요일 저녁이었다. 친구와 통화하던 중이었다. 나는 가끔가다 통화할 때 펜을 들고 종이에 끄적이는 습관이 있는데, 5분쯤 지났을까 종이 한 페이지가 '월요일'이란 단어로 뒤덮였다. 거기에는 험한 말도 섞였고, 한숨도 섞여 있었다. 월요일아, 천천히 와줘,라고 말하고 싶었던 모양이다. 아직 오지 않은 월요일을 두려워하는 내가 우스꽝스러웠다. 영화 〈아저씨〉 속 원빈의 대사처럼 일요일에도 일요일만 살자. 자꾸 미래만 떠들수록 불행해진다는 사실을 잘 알고 있다.

밥을 마시는 습관 따위

무심하게 후루룩 후루룩. 이 소리는 국물을 들이켜는 소리가 아니다. 요즘 나는 구내식당에서 밥을 열심히 마시고 있다. 정확히 5분 40초가 걸렸다. 10명이나 되는 직원들이 일사불란하게 자리에 앉았다가 자리에서 후다닥 일어나기까지. 사람들은 예의상 마지막 사람이 식사를 마칠 때까지 기다려주긴 한다. 하지만 반도 못 먹었는데 옆 사람들이 다 먹고 나만 바라봐서 안절부절못했던 난처한 경험, 다들 간직하고 있으리라 생각한다. 다음부턴 애초에 밥을 조금만 받거나 식사 속도를 높이는 쪽을 택하게 된다. 나는 후자였다.

밥을 빨리 먹는 방법은 비교적 간단하다. 일단 많은 양을 수저에 담아 입에 털어 넣고 반찬 몇 가지를 욱여넣은 다음 다시 국을 서너 숟갈 떠먹으면 그만이다. 세 번이나 네 번 정도 음식

을 씹는다기보다는 섞어준다는 느낌으로 입을 움직이고 꿀떡
꿀떡 삼킨다. 나 삼키기 전에 다시 많은 양의 밥을 입에 넣고
동일한 순서로 반복해주면 밥을 마시듯 후루룩 먹을 수 있다.
먹으면서 주변 사람들의 식사 속도를 곁눈질로 체크하는 기술
은 필수다. 너무 앞서가지도 뒤처지지도 않게 속도를 맞추는
노련미가 더해진다면 금상첨화다. 식사는 언제나 침묵 속에 진
행되지만 가끔 어색한 분위기를 깨기 위해 농담을 던지거나 안
부를 묻는 사람이 생긴다. 주의하시라. 잘못 대화에 참전했다
가 몇 마디 얹게 되면 밥 먹는 페이스를 잃고 순식간에 뒤처지
게 될 테니.

　꾸루룩 꾸루룩. 오후 내내 위에서 난리가 난다. 이렇게 소화
불량으로 몇 년 더 지내다간 위에 탈이 나지 않을까. 그래서 가
끔 속이 안 좋은 날이 며칠씩 계속되면 괜히 걱정이 된다. 위에
염증이 생긴 것은 아닌지, 큰 병은 아닌지 내시경 검사를 받아
야겠다는 생각이 간절해진다. 공무원들은 2년마다 건강검진을
받도록 되어 있다. 밥 먹다 속에 이상이 생기지 않았는지 검사
하라는, 잘 짜인 시스템 같다.

　결혼하고 아내가 "밥 좀 천천히 먹으면 안 돼?"라는 말을 여

러 번 했다. 예전에는 밥도 천천히 먹고 속도도 맞춰주더니 왜 이렇게 허겁지겁 먹느냐고 말이다. 누가 쫓아오는 것도 아닌데 꼭꼭 씹어 먹으라고 했다. 그런 말을 듣고 나서야 아차 싶어 적은 양을 수저에 담아 천천히 먹기 시작했다. 변한 건 이뿐만이 아니다.

배가 나오기 시작했다. 특별히 먹는 양이 늘어나지 않았는데 슬금슬금 배가 불러온다. 빨리 먹어서 잠시 가스가 찼기 때문이라고 얼버무리기엔 가슴 아랫부분에서 벌어지는 사태가 심상치 않다. 사람은 음식을 천천히 먹으면 쉽게 포만감을 느껴 본능적으로 금세 숟가락을 내려놓게 된다. 그런데 위가 그만 먹으라는 신호를 보내기도 전에 이미 음식을 꾸역꾸역 집어넣다보니 어느새 아랫배가 나와버린 것 같다.

종합하자면, 20대 초반 시절 '난 저렇게 변하지 말아야지' 했던 아저씨가 다 되고 말았다. 체형도 습관도. 후딱 밥을 먹고 먼저 일어나서는 불룩 튀어나온 배를 두드리는 전형적인 아저씨 말이다. 혹시나 20대 초반의 혈기왕성한 대학생이 이 글을 읽는다면 직장인이 되어 나처럼 변하지는 말아야겠다고 생각할 것이다. 아니, 자기 자신은 절대 그런 나태하고 우둔한 사람일 리 없다고 믿을 수도 있다. 그렇지만 결코 쉬운 일은 아닐 겁니다. 미리 알려주고 싶다. 저도 제가 이렇게 변할 줄은 까맣게 몰랐으니까요.

나는 수단이 목적을 전도한다는 생각이 들 때 원점의 원점까지 생각을 거슬러 올라가보는 버릇이 있다. 과거나 지금이나 마찬가지다. 도대체 어디서부터 무엇이 잘못됐는지 생각해보는 것이다. 어느 날인가 레이스를 하듯 말도 안 되는 스피드로 구내식당에서 밥을 마시던 날, 문득 '내가 왜 여기서 밥을 이렇게 먹지?'란 생각이 들었다. 무엇을 위해서?

사무실 직원들이 다 같이 식사하러 가는데 혼자만 빠지기 힘들어서인지, 3,500원이면 한 끼를 해결하는 구내식당 밥을 경제적인 측면에서 포기하지 못하는 것인지 고민해봤다. 아니면 단순히 식당이 사무실과 가까워서인지 혹은 먹는 행위에 아무런 의미를 부여하지 못해서인지도 생각해봤다. 그보다는 익숙해진 게 원인일 게다. 언젠가부터 회사 안에서의 세계와 회사 밖 나의 세계를 분리했고 회사 안의 세계는 나와 무관하게 흘러가는구나 싶었다. 자포자기 심정이 됐고, 그래서 점점 선호나 취향을 포기하는 데 익숙해져갔다.

월요일 점심 한 끼라도 맛있게 그리고 천천히 꼭꼭 씹어가며 먹기로 했다. 먼 미래까지 생각할 겨를은 없다. 당장 월요병에 시달리는 중인데 월요일 점심마저 구내식당에서 대충 때우면 굶주림과 소화불량까지 겹쳐 왠지 일주일을 통째로 날릴 것 같아서다. 이어서, 월요일 점심에 '아니, 이 돈을 점심에?'라는 생각이 들더라도 '그래, 다 먹고살자고 하는 짓인데…'라는 합리화까지 이끌어내기로 했다.

까짓것 월요일엔 비싼 밥을 사먹자. 왜 일을 해야 하는지 생각해보는 계기가 될지 모른다. 사소한 감각을 동원해 즐거움을 찾고 밋밋한 일상에 에너지를 만들어보는 것이다. 그것이 행복한 일주일, 행복한 직장생활을 위한 첫걸음이 되어줄 거라 믿으며…. **저만 그렇게 믿는 건 아니겠죠? 괜찮은 방법이겠죠?**

건배사의 숙명

    살다 보면 별의별 원치 않는 일을 겪지만, 건배사만큼 하기 싫은 게 없다. 일어서서 고작 한마디 하는 건데 유난이다 싶을지 모른다. 그러나 일어서자마자 머릿속이 새하얘지는 나로서는 건배사가 무척이나 괴롭다. 흥이 달아오른 자리에서 나 하나 때문에 분위기가 확 가라앉는 상황도 정말 피하고 싶다. 그래서 건배사를 해야 할 타이밍이다 싶을 땐 재빨리 눈을 아래로 깔지만 건배사 한 바퀴를 꼭 채우는 자리에서는 딱히 거절할 방법이 없다.

    공무원들 회식에는 공식이 있다. 건배사의 시작은 **"한 말씀 하세요"**라는 신호부터다. 대장은 꽤 오래 한 말씀을 하고 건배사를 외친다. 그다음 다 같이 박수를 짝짝짝 쳐야 비로소 진정한 회식에 돌입한다. 그리고 틈날 때마다 건배사가 이어진다.

나의 첫 회식 장소는 삼겹살이 주메뉴인 좌식 식당이었다. 20명쯤 다닥다닥 붙어 앉아 고기를 굽고 방 안은 기름과 연기와 바깥에서 들려오는 와자지껄한 소리로 가득 찼다. 나를 위한 환영회였으니 나는 당연히 가운데 테이블에 앉아 긴장된 자세로 고기를 구웠다. 다른 사람들은 익숙한 듯 대화를 나누고 술과 음료를 주문하는데 그 모습이 그렇게 부러울 수 없었다. 얼른 시간이 흘러 나도 저들처럼 이 공간에 자연스럽게 녹아들면 좋겠다고 혼자 생각했다. 머릿속엔 오로지 건배사만 떠올리며 말이다. 그날의 주인공이었으니까 차례는 금방 왔다. 순서도 예측이 됐다. 대장 바로 다음이 나일 것이다.

"자, 앞으로의 각오 한 말씀 들어보겠습니다."

네? 각오라구요? 저는 건배사를 준비했는데 각오라니요.

망했다. 실례지만 잠시 생각할 시간을 주세요, 라고 말할 수는 없었다. 머뭇거릴수록 상황은 나빠질 게 뻔했다. "열심히 하겠다"는 말만 반복했던 기억이 희미하게 난다. 쿵쾅대던 심장 소리가 오히려 더 또렷이 기억난다. 준비했던 건배사는 당연히 안드로메다로 날아갔고 고작 '위하여'를 외쳤다. 그렇게 첫 회식에서 나는 허무하게 패배하고 말았다.

즉흥적으로 해야 하는 모든 일에 거부감을 느낀다. 특히 낯선 사람이 많이 모인 자리일수록 어렵다. 요동치는 마음을 애써 눌러야 한다. 손이 떨려서 주먹도 꽈악 쥐게 된다. 무대를 만들어줬을 때 자신 있게 무엇이든 바로 보여주는 사람들이 정말 부럽다. 회의 중에 갑자기 질문이 들어왔을 때, 노래방에서 마이크를 잡았을 때, 엘리베이터에서 평소에 만나기 힘든 높은 상사를 마주쳤을 때 등 자연스러운 표정과 말투로 상황을 압도하는 사람들이 있다. 찰나의 대처만으로도 그가 사무실에서 얼마나 친화력이 좋을지 보인다. 나도 그렇게 생각한다는 게 문제였다. 그러니까 회사는 이런 사소한 대처 능력만으로 그의 업무 스킬까지 평가하는 냉정한 곳이란 말이다.

가까운 사람들 곁에서는 곧잘 떠들고 마이크도 잡고 자연스레 농담도 건다. 나와 가장 친한 아내와 함께일 땐 길에서 흥얼거리며 춤마저 춘다. 어쩐지 이상하지 않은가. 누구와 어떤 자리에 있느냐에 따라 사람이 이토록 달라질 수 있을까. 쓰고 보니 난 남들이 나를 어떻게 평가할지 두려워했던 것 같다. 혹시나 실수는 하지 않을지, 실수한 내 모습을 그들이 기억하는 않을지 걱정했다. 그런 염려들이 모여 나를 위축시켰다. 물론 사람들은 내가 생각하는 만큼 나에게 신경을 쓰지 않다는 것을 알고 있다. 하지만 반사적으로 떨리고 긴장되는 걸 어쩌겠는가.

할 수만 있다면 친한 사람 몇 명하고만 먹고 만나며 살고 싶다. 어린아이는 아니니까 '불편한 사람은 절대 만날 수 없다'는 아니다. '어려운 사람들과 함께해야 하는 게 두려워 회사를 관두고 싶다'까지도 아니다. 그래도 가능한 한 나를 솔직하게 드러낼 수 있는 편한 자리에만 참석하고 싶다. 각오를 말한다거나 맘에도 없는 건배사를 외쳐야 하는 자리는 불편하다. 긴장과 떨림보다는 혼자만의 아늑함을 좋아하는 것이 솔직한 마음에 가깝다.

사무실에는 아무 때나 "한 말씀 해보라"는 사람이 너무 많다. 이유도 다양하다. 젊으니까 해보라 하고, 남자니까 해보라 하고, ○○대학 나온 고학력자라 잘 아실 테니까 말해보란다. 속상하지만 그래도 돌파해보려 한다. 인간은 사회적 동물이고, 사회적 동물인 이상 불편한 상황을 피하기만 하며 살 수는 없기 때문이다. 그리고 다른 사람을 이해하기 위해서는 다른 사람과의 관계를 전면적으로 거부해서도 안 된다고 생각한다.

다행인지 모르지만 어쩔 수 없는 상황에서 나는 변하려고 노력하는 편이다. 공무원이 되고 얼마 지나지 않았을 무렵, 위층에 근무하는 6급 주사 선배를 찾아갔다. 회식 자리마다 넉살 좋은 웃음과 압도적인 건배사로 좌중을 사로잡는 사람이다. "도대체 건배사를 잘하는 요령이 뭔가요?"라고 질문하자, 그는 이렇게 답했다.

"그건 타고나는 것도 있어요. 하지만 저도 공부를 해요. 우습지만 인터넷을 찾아보기도 하고 메모해뒀다가 이런저런 자리에서 자신 있게 연습도 해봐요. 하다 보면 늘더라고요."

늘 수 있다는 말에 나도 유튜브를 찾아보며 공부를 시작했다. 뭐 딱히 늘진 않았지만.

건배사를 비롯해 즉흥적인 일들을 그렇게 싫어하면서도 연습하고 대비하는 내 자신이 이상했다. 이럴 바엔 차라리 가능한 한 빨리 승진해서 '시킴'을 당하는 사람이 아닌 '시킴'을 시키는 사람이 되고 싶다는 아주 무서운 생각마저 차올랐다. 이런, 건배사에 빨리 적응해야겠다. 건배사가 싫어 승진에 목숨 걸다가는 인생 망할 거라 확신한다. 건배사로 인해 본래의 자신을 잃어버리고 싶지 않다. 그러니까 앞으로는 누가 건배사를 시켜도, '그래, 이 정도쯤이야, 하하' 하며 넘겨야 할 것 같다. 물론, 절대 쉽지는 않겠지만.

바쁜 자리는 없어도 바쁜 사람은 있다

📌

어느덧 출근한 지 만 4년 차가 되었다! "처음 봤을 땐 열정이 활활 불타오르더니 식었네, 식었어"라는 선배의 따뜻한 관심 (…)과, "방황하고 고민만 할 줄 알았는데 그런대로 잘하고 있네. 앞으로가 중요하겠지?"라는 상사의 격려 속에 말이다. 4년 이란 시간을 앞에 두고 바라볼 땐 까마득하더니 뒤로 돌아보니 놀랍도록 짧게 느껴진다. 한 해 한 해 올라가는 호봉을 보며 신기했는데 이젠 내 호봉이 몇인지조차 기억이 가물가물해진다.

그사이 내게도 변화가 생겼다. 더 이상 조직의 막내가 아니라는 점이다. "안녕하세요. ○○입니다. 열심히 하겠습니다!"라고 우렁차게 소감을 밝히는 후배들이 하나둘 생겼다. 이제 막 인사를 도는 그들과 이야기를 나눠보면 그들은 자신이 어느 부서로 가고 그곳의 근무량과 분위기는 어떤지 가장 궁금해했다.

처음 직장에 발을 딛는 신입 사원에게 첫 부서 발령의 떨림이란 대학 합격 발표를 기다리는 순간만큼 긴장되는 일이다. 나의 신입 시절로 시계를 돌려보면 나 역시 마찬가지였다. 첫 발령 일주일 전쯤, 내가 갈 곳이 A과가 아니면 B과라는 사실을 알게 됐다. A과와 B과의 특징, 인적 구성, 업무 특성 등 모든 정보를 수집했던 기억이 난다. A과를 가고 싶었던 나는 B과에 가게 됐다. 막상 B과에 가보니 B과가 더 좋다는, 그러니까 이전에 모은 정보를 무의미하게 하는 결과를 얻었지만 말이다.

이제 막 들어온 신입이 "□□과 어때요?"라고 묻고 돌아다니는 일은 조심스러울 수밖에 없다. 자칫 건방져 보이거나, 그것이 괜한 오해로 이어질 수 있기 때문이다. 그래서 선배와 대화 중 잠깐 주어진 사적인 순간을 이용하거나 진작 알고 지내던 선배에게 메신저로 물어 의문을 해소한다. 요즘 A과의 분위기는 어떤지, A과 과장님은 어떤 분인지, 업무량은 많은지 적은지, 과원들의 월평균 초과근무시간은 어느 정도인지 등 궁금한 내용이 많다. 다행히 A나 B과에 근무했던 선배를 만나면 궁금증이 술술 풀리기도 한다. 선배들은 대개 후배에게 자기 경험을 (약간의 영웅담처럼) 들려주길 좋아한다.

가만 듣다 보면 선배들 말에는 묘한 공통점이 있다.

① 항상 본인이 경험한 업무가 가장 힘들었다고 말한다. 하필이면 본인이 그 자리에 있을 때 시급한 일이 터져, 처리하느라 고생했다며 말이다.

② 뒤이어 자랑스럽게 어떤 자리라도 직장생활 하는 데 언젠가 도움될 거라고 말한다.

③ 다양한 부서를 경험해보라는 조언도 덧붙인다.

④ 내가 질문한 내용 외에도 옆 과와 그 옆 과에 대해서도 알려주기 시작하고 회사 내 인물 품평으로까지 이야기가 새기도 한다. 그러다,

⑤ "백날 말해줘도 지금은 모르고 경험해봐야 알 거야"라는 말로 마무리한다.

당시에는 ①번, ②번, ③번, ④번 정보를 소중히 여기고 이리저리 분석하다 발령 직전까지 긴장과 비장을 오가며 고민했다. 정말 바보 같은 짓이었다. 4년이 지난 지금, 진실로 들어야 하는 조언이 있다면 나는 ⑤번이라고 생각한다. 결국 자리에 대한 모든 조언은 아무짝에도 쓸모없다는 말이다.

선배들 말대로 막상 경험해보니 알게 된 것이 있다. 바쁜 사람은 어느 자리에 가도 바쁘고 안 바쁜 사람은 언제나 안 바쁘다는 점이다. 일이 자리를 따라가야 하는데 사람을 따라다닌다. 열심히 하는 사람은 더 바쁜 자리로 옮기고, 덜 열심히 하는 사람은 덜 바쁜 자리로 옮긴다. 그러니까 어떤 자리에 앉아 어떤 일을 할지는 사람에 따라 결정되고 있었다. 물론 일을 몰고 다니는 사람은 상대적으로 빠르게 승진하고 조직에서 인정도 받지만 요즘 젊은 공무원 대다수는 그것을 원하지 않는다. 주어진 시간 동안 맡은 업무에 최선을 다하고 자기만의 시간을 보내길 원한다. 하지만 역시나 주어진 일을 열심히 하면 거기서 끝나는 게 아니라 다시 일이 더해지고 더해지니 문제다.

우리가 매 순간 자리와 사람의 관계를 따지며 살진 않는다. 사무실에 앉아 늘 그런 생각만 하고 있다면 피곤해서 미칠지도 모른다. 하지만 어느 날, 시스템이 불합리하다는 생각을 문득 한다. '퇴근시간을 지키기 위해 열심히 일했을 뿐인데, 하면 할수록 일이 더해진다'는 아이러니를 깨닫고 '열심히 일할 유인이 없구나'라며 목표 의식이 흔들리고 사기와 의욕이 꺾인다.

이전 세대는 젊은 세대가 승진과 업무적 성취를 조직생활의 목표로 삼아야 한다고 생각하는 경향이 있다. **조직을 위한 희생**을 당연시하고 강요하며 **대신 높은 자리에 오를 수 있으니 감수하라**고 한다. 굳이 승진이 목표가 아닌 사람은 줄 세우기 문화 속에서 행복을 찾기 어렵다. 높은 자리에 오른 사람들이 반드시 행복해 보이지도 않는다. 오히려 자리를 지키기 위해 여기저기 아부하느라 정신적으로 더 피곤해 보일 때도 있다. 그럴 바엔 차라리 낮은 자리라도 민원을 직접 상대하며 보람을 찾는 편이 낫지 않을까. 출세에 관한 문제는 철저히 개인이 결정해야 정상인데 조직은 이를 인정하지 않는다. 오직 승진, 승진이라니. '다양한 개인을 얼마나 효과적으로 감싸 안느냐'로 그 조직의 기량이 정해지는 것이 요즘 전 세계적인 추세 같은데 말이다. 한정된 자리를 차지하기 위해 매번 서로를 소진시키는 상황은 과연 무엇을 남길까. 그리고 그것이 실질적으로 공익에 어떤 기여를 할 수 있을까. 조직은 젊은 직원을 바보로 아는 걸까. 아니면 과거부터 현재까지 젊은 직원은 바보 행세를 잘 할 줄 알아야 하는 걸까.

오늘 입사해서 긴장하고 있는 후배에게 "바쁜 사람은 있어도 바쁜 자리는 없으니 맘 편히 가져"라고 말할 뻔했다. 다행히

꾹 참았다. 결국 그런 말을 하는 선배가 후배를 쥐어짜는 못된 선배가 될 것만 같아서다. 처음 출근했던 날이 생각난다. 드디어! 정장을 입게 됐다는 사실만으로도 행복했다. 굳이 공무원 증을 사진으로 찍어 개인 SNS 계정에 올리기까지 했다. 지금은 후배에게 허망한 소리나 하려던 선배가 되었지만.

칭찬은 공무원도 춤추게 한다

문서 기안은 공무원이 되는 첫 관문과도 같다. 외부로 나가는 공문서는 '귀 기관의 발전을 기원합니다'로 시작하고 내부 문서는 '문서 ○○호와 관련됩니다'로 시작하는 등의 일반적인 규칙이 있다. 가벼운 전달 사항은 사내 시스템을 활용해 메모로 남기거나 메일을 이용한다. 메모나 메일은 약식으로 가볍게 쓰기도 하는데 외부로 나가는 공문서는 꽤나 신경쓴다. '공문은 기관의 얼굴'이라며 쉼표 하나까지 꼼꼼히 챙기는 상사들이 여전히 있다.

예를 들면 본문의 첫 번째 문장은 띄어쓰기 없이 시작한다거나, shift+tab키를 활용해 내용이 한 줄 이상이면 문장의 첫 글자에 맞추어 정렬하거나 등등 공문서 한 장에도 수십 가지 규칙이 담긴다. 일부러 공문서 작성법을 찾아보고 암기하는 경우는 잘 없고, 대개 선배가 썼던 공문서를 참고해 익히곤 한다. 가끔 까다로운 상사는 띄어쓰기를 꼼꼼히 검사하는데, 본인이 좋아하는 말투가 문서에 담겼는지까지 살피기도 한다. 공문서 작성법이 자주 바뀌기도 해서 그분들이 지적하는 사항은 이미 과거 규칙인 경우도 많다. 과거에 결재해준 문서를 그대로 가져다 썼는데 이번에는 지적하고 반려하는 황당한 경우도 생긴다.

문서 형식에 사활을 걸던 상사가 있다. 내가 모르는 한글 단축키를 알려주고 익히라 했고, 줄간격과 띄어쓰기와 전체 형태가 마음에 들 때까지 이리저리 고치기를 반복해서 시켰다. 매뉴얼이 있어서 거기 맞추는 것이 아니라 하나의 예술 작품을 만들 듯 구도와 느낌까지 고민했다. 본인이 좀 심하다는 생각이 들 땐 오히려 잔소리를 했다. 기분이 안 좋은 날은 당연히 짜증도 냈다.

"저기, 내가 그전에도 말하지 않았나?"
"네?"
"우리 젊은 시절엔 상사가 30센티미터 자 들고 줄과 칸이 맞는지 일일이 쟀다고."

혀를 끌끌 차며 말했다. 화내고 짜증내고 잔소리한다고 아래 직원이 변화할 거라 생각한다면 큰 오산. 반발심만 불러일으킨다. 일부러 문서를 늦게 올리기도 하고, 혼내려면 혼내시라는 심산으로 약점이 안 잡힐 정도만 써서 올리기도 한다. 오히려 꾀만 늘고 괴리감만 생긴다. 아무튼 대다수의 젊은 직원들은 문서 형식에 필요 이상으로 집착하는 것을 비효율적이라고 여긴다.

언젠가 한 번은 말이 없고 호랑이처럼 무서운 상사와 함께 근무한 적이 있다. 원래 나는 내용만 맞으면 오타가 없는 수준에서 문서를 기안하는데 첫날인 만큼 꼼꼼히 들여다보고 작성했다. 그는 내가 올린 문서를 보더니 나를 불렀다.

"자네 들어온 지 얼마 안 됐지? 문서를 제법 작성할 줄 아는군. 단문으로 읽기 좋게 쓰고 있어. 시간이 좀 더 지나면 많이 좋아지겠네."

응? 갑자기? 엄하게 인상만 쓰던 이분이 내게 칭찬을?

겉으로는 태연하게 감사하다고 인사했지만 속으로는 엉엉 감격했다. 회사생활을 하며 내 결과물에 대해 이렇게 공개적으로 칭찬을 듣긴 처음이었다. 얼마나 일을 엉망으로 했으면 칭찬을 처음 들었냐고 말씀하실지 모르겠지만 공무원 어른들은 칭찬에 인색해서 꼼꼼히 지적만 하거나 **"공무원은 문서 작성이 생명인 거, 모르나?"**라며 쏘아붙이지, 시원하게 칭찬하는 성격들이 아니다.

칭찬을 듣고 나자 이상한 책임감이 생겼다. 아, 저분을 실망시켜서는 안 될 텐데…. 큰일이다. 미끼를 문 것일까. 내 공무원 생활의 첫 칭찬이었는데 기대에 어긋나면 매우 곤란하다. 다른 부분은 혼이 나더라도 공문서 작성에서만큼은 실망을 안겨드리지 말아야겠다고 다짐했다.

공문서란 내용이 틀리지 않고 오타만 없으면 된다고 생각했던 나는 문서를 두 번 세 번 꼼꼼히 살피기 시작했다. 효율과 비효율의 경계를 넘어 '극도로 비효율'의 영역에 들어가버렸지만 나 혼자 다짐한 그분과의 약속 같은 것이 생각나 어쩔 수 없었다. 이전 같으면 두 번 읽어보고 결재 올릴 문서를 차근차근, 더 시간을 갖고 세 번 네 번 읽었다. 베테랑 선배에게 첨부 문서 형식은 이게 맞는지, 공문서 제목에 이런 단어를 써도 적합

한지 조언까지 구했다. 불러놓고 잔소리만 하는 상사 앞에서는 중2병 걸린 학생처럼 요령만 피우더니 한마디 칭찬 앞에 성실한 모범생이 됐다.

자기 개성이 강한 요즘 젊은 공무원들이라도 칭찬 앞에는 다들 한없이 약한데 그걸 알고 활용하는 어른들이 잘 없는 것 같다. 《해님과 바람》이라는 이솝우화는 어린 시절 귀가 따갑도록 들었던 이야기다. 바람이 자랑한다. "내가 너보다 힘이 세!" 해는 아니라고 말한다. 해님과 바람은 누가 더 센지 겨루게 된다. 길 가는 나그네의 외투를 벗기는 시합을 한다. 나그네는 바람이 불면 불수록 옷깃을 여민다. 하지만 해님은 따뜻함으로 손쉽게 나그네의 외투를 벗겨 결국 해님의 승리로 대결이 싱겁게 끝난다. 어째서 관료 사회에는 바람 같은 상사들만 존재할까.

물론 나를 칭찬했던 그 상사와 이별하고 깐깐하게만 구는 상사와 다시 일하게 되자 난 원래대로 돌아왔다. 여전히 내용이 틀리지 않은 수준에서 오타만 없도록 문서를 쓴다. 최적의 결재 타이밍을 조준하는 요령도 부린다. 아무튼 놀라운 건, 그 당시 늘어난 문서 작성 실력이 내 안에 남았다는 점이다. 호랑이 상사와 근무하는 동안 공문서 쓰는 실력이 크게 늘었다. 엄해서가 아니라 따뜻해서. 따뜻한 곳이라면 나는 더 성장할 수 있을 것 같다. 어디, 저를 칭찬으로 키워주실 분 더 안 계신가요?

친구 이야기: 초심을 잃지 않는 법

툭하면 전화하고 찾아와서 공익을 이야기하는 민간단체 협회장이 있다. 애국자인 양 장황하게 이야기하는데 결국 들어보면 자기 물건을 팔기 위해서다. 국가를 사적으로 이용하려는 목적이 노골적으로 보인다. 간부들은 이런 부류의 민원으로부터 실무자들을 보호해주는 대신 '좋은 게 좋다'는 식으로 어물쩍 넘어가려는 경우가 많다. 실무 선에서 실익과 규정을 참고해 꼼꼼히 검토해도 위로 올라가면 알 수 없는 이유로 일이 순식간에 뒤바뀌거나 엎어지는 일도 자주 경험한다. 이유를 알 수 없다는 말은 사실 거짓말이다. 그놈의 정치적인 이유 때문이다. 아무튼, 아직 내가 미숙해서 그런지, 그럴 때마다 분노가 치밀어 오른다. '그래, 내가 모르는 세상도 있겠지' '조직을 위해서라면 적을 만들지 않는 편이 좋을 거야'라며 사무실에서 벌어지는 정치적인 일을 이해하려고 노력한다. 하지만 자꾸 냉소적 인간이 되어가는 내 모습을 나조차 견디기 힘들 때가 있다. 한 선배는, "아직 분노가 치밀어 오른다면 너에겐 초심이 남아 있는 거야"라며 나를 위로했다. **아, 초심이란 이런 건가요.**

문득 지은이는 어떻게 지내는지 궁금했다. 고등학교 시절 꽤 오래 같은 반이었던 지은이는 내가 정말 좋아하는 친구다. 내가 그녀를 좋아하는 이유는, 그녀의 취미가 나와 비슷해서는 아니고, 그 친구가 전 여자친구여서는 더더욱 아니며, 내게 맛있는 걸 잘 사줘서도 아니다. 단지 언제나 모든 일을 긍정적으로 말해서 내게 밝은 에너지를 전달해주는 친구여서다. 지은이와 만나거나 카톡을 주고받다 보면 긍정적인 에너지에 전염이 되어서 그런지 그 순간만큼은 나도 내 모습에 만족하게 된다. 덕분에 세상은 긍정적으로 바라보는 편이 그러지 않는 편보다 훨씬 득이 된다고, 다시 한번 깨닫는다.

지은이는 얼마 전부터 시골의 한 고등학교 행정실에서 일하고 있다. 그녀는 사범대를 졸업하고 중등교사 임용 시험을 준비했었다. 아쉽게 몇 번 불합격하다 보니 순식간에 20대가 지나갔다. 나이 서른이 될 무렵, 더 이상은 안 되겠다며 교육행정직 9급에 도전했고 시험에 금방 합격했다.

그녀에게 '잘 지내냐'는 카톡을 보냈다. 마침 '학교 교지에 실릴 글을 쓰는 중인데 잘 됐다'며 '너 요즘 책 쓰지? 내 글 좀 봐줄래?'라는 메시지와 함께 그녀는 다짜고짜 긴 글을 보내왔다. 뜬금없다고 생각했지만 보내준 글에서 이 부분이 정말 좋아서 몇 번이나 다시 읽었다.

수험생 시절의 나는 나를 좋아하지 않았고, 나를 소중히 여기지 않았다. 불안함과 불확실함 속에 움츠려 공부만 했던 나는, 내가 좋아하는 일에 관심을 갖는 사치는 잠시 미뤄야 했다. (중략) 요즘 퇴근하고 온전히 나를 위해 내 시간을 쓰다 보니 나에게 관심이 가기 시작했다. 내가 좋아하는 일에 관해 하나씩 알게 됐다. 일을 하면서 소박하고 즐거운 작은 일들을 하루하루 적립하다 보니 삶이 조금씩 풍요로워지고 내 자신이 조금씩 좋아지는 마법이 일어나고 있다. 비록 업무는 미숙하고 하루하루 헉헉대지만 일과 삶의 경계에서 행복한 기분을 누린다.

글을 읽고 그녀에게 단숨에 전화를 걸었다. 역시나. 그녀는 단순히 월급만을 받기 위해 일하고 있지 않았다. 국가나 사회

같은 거창한 이야기를 하지는 않았지만 적어도 자기가 근무하는 고등학교만큼은 살뜰하게 챙기겠다는 열정, 연고가 전혀 없는 시골에 외롭게 근무하면서도 불평하지 않는 밝은 마음, 자기보다 늘 주변을 높이고 이해하는 너그러운 태도. 내가 닮고 싶은 모습으로 일하는 중이었다.

그녀도 처음부터 공무원 세계에 잘 정착했던 것은 아니다. 그녀가 근무하는 지역은 밤이 되면 주변에 불빛 한 점 찾아볼 수 없는 곳이다. 무서워서 저녁시간에 집 밖을 나가지 못한다고 했다. 금요일 밤마다 무궁화호를 2시간 반이나 타고 집으로 가는 길이 익숙해지지 않는다고 했다. 자신을 함부로 대하는 고등학생들이 간혹 있지만 우리 고등학생 때를 떠올리며 열심히 참는 중이란다.

최근에 고민했던 일은 없냐는 질문에, 얼마 전 새로 만든 회사 메일 주소 이야기를 들려줬다. 사회생활을 시작하며 처음 만드는 메일 주소라 초심이 담길 수 있도록 만들었다고 했다. 메일 주소로 초심을 기억하겠다니. 그녀만의 기준 세 가지를 들려줬다.

첫째, 숫자는 빼기.

둘째, 쉽고 간단하기.

셋째, 가치관을 담을 것.

그녀가 고민 끝에 정한 아이디는 'iam'이었다. 뒤늦게라도 시험에 합격해 일터로 출근하는 자신의 모습이 너무 좋아서 그 마음을 기억하기 위해 iam이라고 정했다고 한다. 유치한데 그 럴듯했다. 민원인이든 동료에게든 하루빨리 메일 주소를 알려 줄 기회가 왔으면 좋겠다는 그녀의 말에서 진심이 느껴졌다.

전화를 끊고 기분이 좋아졌다. 사람 때문에 힘들었는데 사람 덕분에 유쾌해졌다. 사람한테 질릴 뻔했던 내가 사람에 대해 쓰고 있다.

생각해보니 항상 밝게 떠들며 사무실에 들어서는 사람이 있 고, 퇴근할 때까지 내내 우거지상인 사람도 있다. 밝게 웃는 사 람 옆에선 억지로라도 한 번 더 웃게 된다. 과거에 함께 근무했 던 어떤 상사는 혼자 중얼거리며 주기적으로 한숨을 내쉬었다. 별 의미 없는 습관적인 한숨인 줄 알면서도 한숨 소리를 들을 때마다 심장이 내려앉는 경험을 여러 번 했다. 나는 직장 동료 에게 긍정적인 기운을 전하는 사람일까. 일단 나부터 노력해서

'나라도' 변해야 하지 않을까.

친구야, 오늘 하루 중에 나의 소박하고 행복했던 작은 일은 네가 보내준 글이었으니, 부탁 하나 하자면 가끔 내가 뭐 하는지 물을 때마다 간직하던 긴 글 보내주길.

공무원, 텔레비전, 책임감

일을 하다 보면 종종 인터뷰할 기회가 생긴다. 어쨌든 매일 하는 일이 아닌 이상, 인터뷰란 못해먹을 일이다. 가끔은 사무실까지 카메라가 들어오기도 하는데, 사무실에서 막내라면 마음의 준비를 하시라. 대개 미리 정해진 인터뷰는 간부들 몫이지만 가끔 급작스럽게 실무자의 목소리를 따려는 기자도 존재하고 그런 경우 서로 미루느라 막내에게 마이크가 온다. 내가 인터뷰를 경험했던 때도 사무실 막내 시절이었다. 기자가 인터뷰를 따겠다며 대변인실과 협의를 거치자마자 아침 일찍 들이닥쳤고 화장실에서 거울 한 번 보고 온 다음 바로 마이크를 찼다. 머리는 부스스하고 전날 라면을 먹고 잔 얼굴은 탱탱 부은 채였다. 뭐라 말했는지 기억이 안 날 정도로 인터뷰는 금방 지나갔다. 버벅대는 내 모습이 전파를 탔다. 혹시 인터넷상에 떠도는 영상 지우는 법 아시는 분은 제게 연락 좀 주세요.

공무원이 되고부터 가족들이 뉴스를 더 집중해서 보기 시작했다. 아마 소방관이든, 행정직 공무원이든, 군인이든, 세금을 월급으로 받는 사람들의 가족들은 대체로 그럴 것이다. 소방관을 자녀로 둔 어머니라면 어떤 화재 사고라도 집중해서 보실 것 같다. 아들이 군인이라면 북한의 미사일 발사 소식에 가슴을 졸이실 수밖에 없다. 자녀가 교통 관련 부서에 근무한다면 기차, 버스, 비행기가 나오는 모든 뉴스에 주의를 기울이실 거다. 직급이나 실제로 그 업무를 담당하는지와는 무관하게 말이다. 내가 맡은 업무 범위는 국가에서 하는 일의 100만분의 1 정도조차 될까 말까 한 수준이지만 어른들은 절반 이상을 책임진다고 생각하신다. 어쩐지 부담스럽다.

친구 진영이는 수도권의 한 시청에서 일한다. 환경국에서 근무하는데 그녀가 담당하는 업무는 폐기물 처리다. 그중에서도 쓰레기 불법투기, 종량제 분리배출 등 쓰레기 관련 업무를 집중적으로 한다. 쓰레기가 잘못 버려져 있다는 민원 전화가 업무의 절반을 차지한다. 그런데 단순히 환경국 소속이란 이유만으로 부모님은 환경과 관련된 모든 일을 그와 연결 지으신다고 했다. 예를 들면 이런 식이다.

"나무가 참 아름답게 심겨 있네. 공원은 네가 관리하는 거니?"

어느 날 어머니와 집 앞 공원에 산책을 나갔다. 잘 심긴 가로수와 정돈된 잔디밭을 보며 가로수는 네가 관리하는 거냐고 자랑스럽게 물으신다. 아니라고 해도 환경국에서 일하지 않느냐면서 그래도 어떤 나무를 주로 심고 어떻게 관리하는지 정도는 알 거 아니냐고 궁금해하신다. "제 업무가 아니면 저도 알 수 없어요"라고, 녹지 담당자가 따로 있다고 (공무원스럽게) 말씀드리면 그제서야 아무렴 어떠냐는 식으로 또 앞장서 걸어가신다.

따지고 들어가 보면 녹지 담당자의 업무도 세분화되어 있을 것이다. 시청 담당자는 도시 전체의 가로수 계획을 세우고, 집행은 구청과 공원사업소 담당자 몫이며, 직접 현장에서 수형을 관리하는 분 역시 따로 계시다고 설명하려다 '굳이…'라는 생각에 말을 삼킨다. 한참 가다 도로에 보도블록이 움푹 파여 있거나 파손되어 있으면 이런 건 어디에 신고하고 어떻게 해야 고칠 수 있느냐고 물으신다. 제 업무가 아니면 저도 잘 모른다니까요….

하루는 지역 뉴스에 쓰레기 매립지 지정 소식이 전파를 탔다. 주민과 시청 사이에 분쟁이 발생하고 있다는 뉴스였다. 혹시 민원에 시달리지는 않는지 걱정스럽게 물으신다. 같은 국 같은 과에서 처리하는 업무긴 한데 직접 담당하는 업무는 아니라고 말씀드려도 여전히 안심하지 못하신다. "사람과 사람의 관계는 결국 대화를 통해 해결하는 거란다"는 팁까지 잊지 않으신다. 이게 그렇게 한마디로 해결되는 문제가 아니라고 굳이 말할 필요는 없겠지. 마찬가지로 그냥 넘어가고 만다. 진영이는 자기가 책임질 일이 아니면 나서지 않는 게 좋은 방법이라는 것을 사무실에서 배웠다.

그런데 내심 뿌듯한 기분이 드는 건 왜일까? 항상 자기 업무는 아니라고 말씀드리지만 따지고 보면 진영이가 하는 일이 아닌 것도 아니다. 가로수는 지난해까지 옆자리에 함께 근무했던 선배 담당이고, 매립지 문제는 같은 해 입사한 동기가 매일 야근하며 처리하고 있다. 그 친구와는 가끔 휴게실에서 만나 업무의 어려움을 토로하는 사이다. 서로 조언도 해주니까 진영이는 매립지 문제와 간접적으로 연결되어 있는 셈이다. 게다가 매립지 근처에는 사촌 언니가 살고 있으니 완전히 이해관계가 없다고 할 수 없다. 그런 생각이 들자 책임감에 대해 생각해보기 시작했다고 진영이는 언젠가 말했다.

진영이는 거대한 사회 속에 자신이 무슨 일을 하는지 생각했다. 공원을 매일 산책하는 어머니부터 떠올랐다. 매립지 문제로 골머리를 앓는 동기를 비롯해 사촌 언니도 생각났다. 비록 시청의 말단 공무원이지만 자신이 한 일이 어떤 사람에게 어떤 영향을 미칠지 짐작해봤다. 그가 요즘 하는 일은 전화 응대, 엑셀 정리, 구청에서 올라오는 자잘한 문서 취합, 점심 식사시간에 선배들 수저 놓기 등이다. 하찮다고 생각할 때도 있지만 결국 이런 일들이 모이고 연결되어 어머니 산책길을 만들었다는 생각에 '해야 할 일을 하고 있다'는 자부심을 느꼈다. 물론 평소에는 불만 가득한 하루를 보내지만, 자부심을 느껴봤다는 게 중요했다.

오늘 뉴스에서 공무원의 외유성 해외 연수를 비판하는 내용이 보도됐다. "너는 그러지 마라"는 어머니께 "저는 일단 해외 연수를 가본 적이 없어요"라고 말했지만 웃는 동안 진영이가 생각났다. 진영이가 말했던 책임감도 떠올랐다. 공무원이 된다는 건 가족에게는 '나'와 '공무원 전체'가 동의어로 읽히는 일이다. 최소한 부끄럽지 않게 살아야겠다.

공무원에게 전문성이란 말이죠(흠)

문득 나에게서 '직장'이란 울타리를 벗겨봤다. 어디 가서 당장 무슨 일을 할 수 있을까. 아이고, 딱히 할 수 있는 일이 없다. 보고서나 사업계획서 정도는 형식을 갖춰 작성할 수 있다. 예산이 어떻게 세워지는지 입법은 어떤 과정을 거치는지 알 만한 수준도 됐다. 하지만 딱히 '전문 지식'이라 부를 만한 것은 아니다. 민간 기업 어딜 가도 나는 그다지 쓸모가 없을 것 같다. 이런 나를 써주는 현 직장에 일단 감사한 마음을 갖고 이 글을 시작해야 할 모양이다.

직업의 안정성이라는 달콤함에 취해 꾸역꾸역 잘 출근하다가도 자격증을 들고 자기만의 영역을 개척하는 친구들을 보면 동경하게 된다. 언젠가 40대 초반의 선배 공무원이 '15년 가까이 일했지만 전문성을 쌓지 못한 채 시간이 흘러가고 있어 두렵다'라고 쓴 글을 SNS에서 본 적 있다. 물론 정년이 보장되고 연금도 있는데 전문성이 무슨 소용이냐고 댓글을 단 사람도 있었다. 그러나 나는 그 선배 공무원의 말에 '좋아요'를 눌렀다. 좋아요 개수를 마음대로 정할 수 있었다면 백 개쯤 눌렀을 것이다. 일하며 시간은 가는데 막상 전문 역량을 축적하지 못해 느끼는 무력감이 있어서다.

혹시나 해서 얼마 전 사주를 보러 갔다. 내게도 전문직이 될 운명이 있는지 알아보고 신이 점지해준다면 도전해볼까,라는 기대를 품었다. 선생님의 첫마디에 내 기대는 보기 좋게 날아갔다.

"이마를 보니 관운이 있어요. 어떤 일을 하세요?"

사주를 보시는 분이 왜 관상을 말씀하시나요. 순간적으로 사업한다고 거짓말을 해볼까 하다 무슨 의미일까 싶었다. 체념한 채 공무원이라 했다. 선생님은 역시 자기는 사람 볼 줄 안다면서 정년까지 한눈팔지 말라고 하셨다. 애초에 그런 팔자였다니….

이왕 관운을 타고났다고 하니 (이것이 운명이라면) 어떤 식으로 오래, 그리고 만족하며 다닐 수 있을지 고민해봤다.

첫째로 나만의 페이스를 찾기로 했다. 자기 기준을 정해 결승점까지 꾸준히 뛸 수 있는 사람을 언제나 동경한다. 그런 사람들이 뛰어난 사람이라고 생각한다. 마라톤에 비유하자면 자기 페이스대로 완주하는 사람 말이다. 여기서 속도는 문제가 아니다. 속도가 아니라 방향이 중요하다는 흔한 말을 하려는 것도 아니다. 페이스라는 것은 내 경우, 완주할 수 있는 끈기 그 자체를 의미한다. 그러려면 내가 이 직장에서 무엇을 내 것으로 만들 수 있을지 고민해야 할 것 같다. 마라톤에서도 페이스를 유지하려면 일정한 거리마다 시간을 체크한다. 너무 빠르게 뛰었다면 속도를 낮추고, 뒤처졌다면 살짝 속도를 올려 평균 속도를 맞춘다. 다른 사람이 나를 지나쳐 앞서가더라도 불안해하지 말아야 한다. 초조해서 페이스를 잃는 순간 결승점까지 완주하기란 이미 어려운 일이 된다. 노력하는 그 순간에도 배우지만 잠시 멈춰 생각해보는 시간에 얻는 게 많다.

일하는 동안 1년마다 또는 6개월마다 내가 무엇을 얻었는지 스스로 결산해보기로 했다. 돌이켜보면 공무원으로서 가장 성장했던 시기는 첫 1년이었다. 문제를 파악하고 실무자로서 프로세스를 관리하는 방법, 조직의 일원으로서 적절하게 처신하는 법뿐만 아니라 개인의 성과는 어떻게 평가되며 법령은 어떻게 바꿔갈 수 있는지 등 일의 사이클을 습득할 수 있었다. 사이클을 이해하는 것은 일의 예측 가능성을 본능적으로 익힌다는 측면에서 중요했고 막연한 불안감을 덜어주기도 했다. 처음 사회생활을 맞닥뜨린 시기라 힘들었지만 배운 것도 많았다.

결산할 수 있는 대상은 사무실 내에도 있지만 사무실이 아닌 곳에도 존재한다. 최근 6개월이란 시간 동안 회사에서 친한 사람 한 사람쯤 만들었는지 따져볼 수 있을 것이다. 승진으로만 내 회사생활을 평가할 필요도 없다. 회사를 다니는 동안 아이가 생겼다면 어쨌든 회사 덕을 본 셈이다. 정말 갖고 싶은 자동차를 샀다면 아무래도 월급을 차곡차곡 모아서 가능한 일일 것이다. 이런 식으로 내 주변에서 벌어진 감사한 일을 주기적으로 꼽다 보면 '음, 증오하기까지 했던 직장인데 따져보니 내게 이런 행복한 일도 만들어주는군'이란 깨달음을 얻을 수 있으니 성공이다.

단순히 '공무원'이라는 타이틀에 갇혀 안주하고 싶지는 않다. 조직이 원하는 순응하는 인재상과는 별개로, 삶과 일 사이에서 균형을 찾고 직장 밖과 안에서 목표를 설정한 다음 꾸준히 점검해보는 것. 이것을 해보는 것과 안 하는 것에는 페이스를 만들어가는 데 분명 큰 차이가 존재한다.

둘째로는 자기 만족감을 키워볼까 싶다. 만족감이란 언제나 주관적이다. 같은 일이라도 나만의 시각으로 어떻게 해석하는 가에 따라 달라질 수 있다.

언제나 민원인에게 과하다 싶을 정도로 친절한 동료 지우가 있다. 연세가 있으신 어른들이 찾아오신 날은 항상 문 앞까지 배웅해드리고, 어떤 전화에도 일단 끝까지 들어주고 끊는다. 당장 대답하기 곤란한 질문이라도 대충 얼버무리는 대신 "죄송하지만 번호를 남겨주시면 다시 전화드리겠습니다"라고 말한다. 주변 선배들은 그가 민원을 응대하느라 정작 해야 할 일을 못 할 거라 걱정했다. "매번 친절하면 네가 쉽게 지칠 거야. 적당히 상대하는 요령도 필요해!"라고 조언한다. 그는, "그래도 하루 종일 마음이 불편한 것보다는 나을 것 같아요"라며 자기 생각을 말하는 사람이다.

오직 직장인의 관점에서만 보면, 회사에는 민원 응대보다 중요한 일이 수두룩하다. 차라리 그 시간에 다른 일을 잘해서 승진 시기를 앞당기고 윗사람으로부터 인정받을 수도 있다. 시간을 효율적으로 사용하면 야근하는 시간이 줄지도 모른다. 하지만 그에게는 단단한 자기 기준이 있었다. '마음이 불편하지 않기'로 한 것. 그는 스스로에게 만족하며 지겹지 않은 직장생활을 하는 것 같다. 굳건한 사람!

지우는 직장 안에서 자기만의 영역을 발견한 것처럼 보인다. 수직적이고 일방적인 조직 구조, 쉽게 권태가 찾아올 수 있는 단순 업무, 정치가 일상적으로 벌어지는 곳에서 새로운 가치를 "유레카!" 하며 찾고야 말았다. 전화 통화가 길어져 야근을 하더라도 그는 원하는 데 시간을 쓴 셈이니 혼자만의 만족감을 누렸을 것이다. 느리지만 뚜벅뚜벅 행복하게 결승점을 향해 달리고 있다.

요즘 지우 같은 동료를 곁에 두고 일한다. 자주 찾아오는 기회가 아니라는 것을 잘 알기에 가능한 오래 함께하고 싶다. 덕분에 뛰어남을 기르고 자기 만족감을 키운다면 전문직이 아니어도 꾸준히 직장생활을 이어갈 수 있겠다는 생각을 했으니.

일단 나도 나만의 페이스부터 만들어야겠다. 뭐라도 내 시간을 쏟을 수 있는 영역부터 찾아야겠다. 어쩐지 오늘보다 내일은 조금 나을지 모른다. 희망을 갖고 오늘도 힘을 내자!

이왕 직장생활 하는 거

　웃음이 많은 사람은 이해할 거라 생각하지만, 쉽게 터지는 웃음은 종종 불편한 상황을 만들어낸다. 그래서 나이를 먹으며 웃음 조절 능력을 키워왔다. 하지만 웃음은 간혹 기침과 같아서 불가항력적으로 터지는 경우가 있다.

　그날이 바로 그런 날이었다. 나도 모르게 웃고 있긴 했다. 내 일이 아닌데 젊으니까 한번 해보라는 투로 일을 시키니 차마 할 수 있다고는 못 말하겠고, 그렇다고 안 된다고 말할 분위기는 아니어서 회의 테이블 끄트머리에 앉아 피식 웃음을 흘렸다. 역시 공무원들은 찰나의 순간을 잡아내는 데 귀신같다. 기어이 상사는 한 소리 하셨다. **내가 젊은 시절에 상사 방에서 웃는 건 상상도 못 했다**면서. "그럼 웃지, 울어야 합니까?"라는 반박은 역시 못 했다. 그래, 나밖에 할 사람이 없다는데, 해보겠다며 쓴웃음을 지으며 용기를 냈다.

웃다 혼난 적은 또 있다. 대학시절 야구부를 했다. 땅볼로 날아오는 공을 놓치고 웃었더니 옥수수 보이지 말라고 했다. 혼내던 선배의 표정을 보고 옥수수가 이빨이구나 싶었다. 대학 리그에 참가하는 중앙 동아리라 규율이 엄했다. 학창 시절에 선수를 하던 선배들도 있어서 위계 서열이 셌다. 한 학기 만에 야구부를 관둔 이유는 야구를 배우러 갔다가 옥수수가 털릴 것 같아 두려워서였다.

첫 출근을 앞둔 날 밤, "회사 가면 밝게 웃으며 생활하라"고 했던 어머니 말씀을 쉬이 여겼다. 그 정도 못하겠냐고. 나 원래 잘 웃는 사람 아니냐고. 하지만 어떤 경우에는 '오히려' 웃음 참는 연습을 해야 했다. 그러고 보니 회사에서 웃음소리 듣기가 쉽지 않다. 다들 나처럼 애써 웃음을 참고 있는 것은 아닌지.

한 번은 집에서 개그 프로그램을 보던 아내가 서로를 웃겨보자고 제안했다. 처음에는 이상한 표정도 짓고 과한 액션도 취하고 겨드랑이도 간질여봤지만 쉽지 않았다. 그러다 내가 "하하하" 먼저 웃었더니 아내도 따라 웃기 시작했다. 웃음이 웃음 위에 쌓여가면서 결국 우리는 배를 붙잡고 뒹굴며 웃었다. 아무 계기가 없었지만 한 사람이 웃자 그걸 지켜보던 사람도 웃게 되고, 이상하게 웃는 것만으로도 에너지가 솟았다.

웃음은 전염성이 있을 뿐만 아니라 마음을 다스리는 데도 도움이 된다. 뻔히 안 될 것 같아 보이는 일이라도 웃으며 시도하면 혹시 될 것 같기도 하다. 나는 원래 잘 웃고 뭐든 잘할 수 있다고 쉽게 말하며 살아왔다. 수영을 잘하냐고 묻거나, 달리기를 잘하냐고 묻거나, 약속을 잘 지키느냐고 묻거나. 못해도 웃으며 잘한다고 답하면 언젠가 잘할 수 있을 것 같았다.

사실 요즘도 출근하면 웃긴 한다. 몰래 숨어서 미소를 짓고 있다. 내가 조직의 부속품처럼 느껴질 때 숨을 한 번 크게 들이쉬고 천장을 바라본 채 슬며시 웃는다. 그러면 쓸데없는 걱정과 고민이 잠시 잊힌다. 표정과 마음은 어느 정도 연결돼 있어서 웃는 정도만으로도 위로가 된다.

날씨 좋은 날은 밖에 나와 하늘을 올려다보고 은밀하게 웃는 하루도 있다. 미세먼지가 없는 날에는 그렇게 상쾌할 수가 없다. 하늘이 이렇게 아름다웠나 싶고, 이런 아름다움을 알아채지 못하며 사는구나, 하며 새삼 깨닫기도 한다. 이리저리 시달리고 복작대며 사느라 우리는 주변에 널린 소중한 것들에 상당히 무지해져간다.

멋진 하늘을 바라보며 낙관주의자가 되었다가 다시 신분증을 찍고 사무실을 향해 터벅터벅 들어가다 보면 회의주의자가 된다. 아수라 백작인 양 순식간에 표정이 바뀌고 웃음기를 싹 뺀다. 그런 내 자신이 한심해 다시 "큭큭" 웃어버린 적도 있다.

처음 입사하던 시절이나 지금이나 대부분의 시간 동안 사무실에서 웃음을 아낀다. 그래도 잠깐 혼자 웃는 웃음에는 그 무엇과도 바꿀 수 없는 생명력이 있다. 어쩔 수 없다면 할 수 있는 최소한의 것들에 최선을 다하는 편이 낫다고 생각한다. 내게 있어 웃음은 여전히 유효한 최소한의 것이다. 웃음을 통해 여태 잘 버텼고 앞으로도 잘 버틸 에너지원이 되어줄 거란 기대도 한다. **정말 효과 있다, 이거. 큭큭.**

맞벌이를 하기 전에 알면 좋은 한 가지

부모님은 맞벌이를 하셨다. 아니, 아직 하고 계신다. 또래 친구들 사이에서 흔한 일은 아니었다. 아버지가 일을 하시고 어머니는 전업주부인 가족 형태가 일반적이었다. 학교가 끝나고 집에 가면 어머니가 기다린다는 친구들의 말이 나는 낯설었다. 물론 큰 불편이나 불만은 없었다. 오히려 당시에는 드물게 여성으로서 일을 하며 자기 영역을 개척해가는 어머니를 존경했고 나도 어머니와 같은 사람이 되어야겠다고 생각했다. 맞벌이는 내 삶에 자연스레 들어와 있던 가족 형태였다. 그래서일까. 맞벌이하며 자식을 키우는 일이 그렇게 어려운 일인 줄 몰랐다. **어떻게 모를 수 있지!**

우선 내가 어떤 환경에서 일하는 공무원인지부터 소개하자면, 나는 국가직이고 소수직렬의 공무원이다. 행정학과를 졸업한 태생이 문과생인데 이공계 공부를 했고 기술직 시험을 봤다. 대학에서 행정학을 전공했기 때문에 행정학이 지루하게 느껴졌다. 이왕 공부하는 거 전문 지식 하나쯤 무기처럼 갖고 싶었다(언젠가 공무원을 일찍 관둬야 한다면 그게 조금이라도 유리할 것도 같았으니까요). 흔한 경우는 아니었다. 특이한 이력 덕분에 책도 썼다. 아무튼, 이제 와 고백하는 이야기지만 시간이 지나고 보니 국가직인 건 아쉽고, 소수직을 선택한 건 잘했다 싶다.

과거에는 권력, 승진, 성취와 같은 가치가 시대의 주요한 관심사였다. 그래서 국가직 공무원에 대한 선호도가 높았다. 위로 승진하는 속도도 빨랐고 올라갈수록 할 수 있는 일, 말, 경험도 많았다. 그에 비해 지자체에 근무하는 지방직 공무원은 국가직 아래라는 시각이 있었다. 국가직은 큰일, 지방직은 자질구레한 일을 한다는 인식도 존재했다. 실제로 지자체에 근무하며 대민 최전선에서 민원을 온몸으로 받아내기란 쉬운 일도 아니다. 폭설이나 구제역이라도 터지면 현장에서 비상근무를 서야 하고 행사와 축제 동원까지 감당해야 한다.

하지만 최근 들어 젊은 공무원들 사이에서 국가직의 약점 하나가 크게 부각되고 있다. 바로 '전국을 떠돌 수 있다는 점'. 관세청, 농림축산식품부, 국토교통부, 고용노동부, 국세청, 조달청 등 대부분의 국가 부처에는 지방조직이 존재하고, 승진 때마다 지방에 있는 소속 기관으로 인사 발령이 나는 경우가 흔하다. 이것이 맞벌이를 하는 데 얼마나 위험하고 불편한 일인지 수험생 때는 잘 모른다. 모른다기보다 경험하지 않고는 알 수 없는 일이다.

내 사정부터 털어놓아야 할 것 같다. 나는 지방에 근무하고 아내는 서울에서 일한다. 이건 비극에 가깝다. '3대가 덕을 쌓아야 주말부부를 한다'고 말하는 사람들에게 경험해보고 하는 말이냐고 정말 격하게 따져 묻고 싶을 때가 있다. 12월 겨울의 어느 월요일 새벽 6시 반에 서울역 플랫폼에서 찬바람을 맞으며 열차를 기다리고 있으면 '도대체 무엇을 위해 내가 여기 서 있나'라는 생각이 든다. 아이를 낳으면 어디서 어떻게 키워야할지 매일 아침 서울역에 서서 고민한다. 매일 서울로 올라 다녀야 할지, 결국 육아휴직을 해야 할지 뫼비우스의 띠처럼 비슷한 고민이 머릿속을 맴돈다.

실제로 아이가 생긴 젊은 국가직 공무원들은 꽤 높은 비율로

지자체로 옮기고 있다. 한곳에 정착할 수 있다는 장점 때문이다. 통계치를 쉬쉬하지만 현실에서 그 비율이 꽤 높은 걸로 알고 있다. 막상 시험에 합격해 숨을 돌리고 결혼까지 하고 나면 그다음 펼쳐지는 출산과 육아라는 챕터 앞에 타협하게 되는 것이다. 근무지가 일정하다는 점은 아빠와 엄마로서 역할을 하는 데 굉장히 중요한 요건인 것 같다. **어떻게 모를 수 있지!**

가끔 함께 출근하는 부부를 본다. 그들이 내 시선을 눈치채지 않았으면 좋겠다. 내 눈빛에 담긴 부러움을 들키고 싶지 않아서다. 그들은 그런 출근길이 얼마나 크나큰 행운인지 알까. 직장으로부터 집이 멀기를 원하는 사람은 없다. 한동안 서울에서 지방에 있는 정부청사로 출퇴근하다 이런 말까지 들었다. '얼마나 일이 없으면 서울에서 출퇴근 하는 직원이 우리 조직에 있느냐'고. 그래, 그렇게 보일 수 있겠구나 싶어 이해는 됐다. 속으로 '스읍'하고 씁쓸한 건 어쩔 수 없었다.

솔직히 회사에 미안한 마음이 든다. 2시간 가까이 걸려 출퇴근하다 보면 피곤해서 일이 손에 잡히지 않을 때도 있다. 꼭 참석해야 하는 회식이 있어도 혼자만 먼저 사무실을 나서는 날은 어쩐지 분위기를 깨는 것 같아 눈치가 보인다. 사람들은 나를 생각해 저녁만 먹고 가라고 말하지만 저녁을 먹고 집에 가면 밤 10시가 넘는다. 가끔 회식에 참석하더라도 저녁을 먹는 내내 집에 돌아갈 생각에 마음이 불안해진다. 회사와 집이 가까웠으면 회사생활에 더 충실할 수 있겠다는 생각을 안 해본 것도 아니다.

나는 지금의 아내와 5년을 만나고 결혼했다. 연애 기간은 길었지만 자주 보진 못했다. 취업을 준비하는 기간이 서로 달랐기 때문이다. 각자 살아남기 위해 열심히 사느라 주말만 만날 수 있었다. 결혼하면 '우리, 주말부부는 가능한 한 피하자'고 약속한 것은 너무 당연했다. 그런데 결혼하고 아내는 서울에서 나는 지방의 정부청사에서 일하게 됐다. 사람들이 직장을 선택하는 기준이 '출퇴근 거리' '고용안정성' '급여', 이렇게 세 가지라는데, 당장 취업이 급한 취준생 입장이라 미처 출퇴근 거리는 고려하지 못했다. 결국 한 사람이라도 출퇴근이 편하기로 했다. 효율성의 관점에서 우리 부부는 최적의 선택을 했지만, 회사에서는 그런 나를 비효율적으로 바라봤다.

"요즘은 서울에서 출근합니다"라고 했을 때 반응은 대개 이렇다.

"힘들겠네요."(네, 힘이 듭니다)

"어떻게 그렇게 다니나요?"(별 방법이 없습니다…)

"경기도에서 서울 다니는 것 정도밖에 안 되겠네요."(차라리 경
기도에서 다니고 싶습니다…)

"와이프가 내려올 순 없나요?"(회사를 관두라는 소리네요…)

"서울로 옮기셔야겠네요."(옮길 수 있다면 진작 옮겼겠지요…)

라는 답이 입에서 맴돌지만 항상 그 어떤 말에도 어색한 미소
로 "네에…"라는 답을 길게 늘인다.

물론 주말부부를 할 수도 있다. 안 해본 일도 아니고 앞으로
안 할 일도 아니다. 하지만 기약 없이 주말에만 가족과 교감을
나누어야 한다면 '일한다'라는 행위에 어떤 의미를 부여할 수
있을까. 직장생활을 하며 삶에서 행복을 찾는다면 그것이 바쁘
게 일하는 동안 오는 것은 아닌 것 같다. 일하고 난 다음에 오
는 휴식에서, 사랑하는 사람과 함께하는 평화로운 시간 속에
오는 것 아닐까.

멀리 산다고 회사에 적대감을 표현하는 행동은 아님을 회사
가 알아주면 좋겠다. 사정과 이유가 있는 출퇴근이라 이해 받

고 싶기도 하다. 물론, 이런 글조차 지칠 줄 모르고 회사에 열정을 바치는 사람들에게는 어설픈 변명으로 들릴지 모른다.

한편, 소수직렬이 좋다고 말한 이유는 워라밸과 무관치 않다. 공무원 조직은 여전히 일반 행정직 위주로 굴러간다. 조직의 이너서클을 형성하는 기획, 인사, 예산은 일반 행정직 공무원들 몫이다. '그러라고 하지요 뭐' 하며 외면해버리고 나면 속 편한 것이 소수직렬이다. 내부적으로 파워 게임에서 비켜서 있는 대신 워라밸은 상대적으로 좋을 수밖에 없다. 영화 〈스파이더맨〉의 주인공이 비슷한 말을 하지 않았는가. 큰 힘에는 큰 책임이 따른다고. 조직에서 알게 모르게 소수직을 소외시키는 경향도 있다. 하지만 그것도 그러라고 하지 뭐. 나는 내 갈 길을 가면 되는 세상이다. 게다가 소수직에는 태생부터 큰 장점이 하나 있다. 경쟁률의 관점에서 보면 일반 행정직에 비해 합격이 상대적으로 수월하다는 점이다. 시험이라는 제로섬 게임에서 일단 합격하고 보자는 전략은 꽤 유용한 우월 전략일 수 있다.

당연한 말이지만 오른손잡이는 왼손잡이의 어려움을 잘 모른다. 500원을 넣고 하는 야구 배팅 연습장도, 더 비싼 골프 연습장도 오른손 타석 위주다. 왼손잡이는 구석에 마련된 왼손잡이 전용 타석을 이용해야 한다. 오른손잡이들은 당연히 왼손잡이들의 그 불편함을 알 수 없다. 내가 국가직이고 소수직이어서 국가직으로서 직면한 불편함과 소수직으로서의 만족에 대해 썼을 뿐, 지자체 공무원이 느낄 내가 모를 애로사항이 있을 수 있고, 일반 행정직은 행정부의 주류로서 그들만의 자부심이 존재할 것이다. 다만, 맞벌이와 관련해 내가 확실히 깨달은 것은, 부부가 같은 지역에 근무하지 않는 한 굉장히 큰 어려움에 직면할 수밖에 없다는 점이다. 아내의 출산일이 가까워오니 괜히 더 걱정이 커진다. 공무원 시험을 준비하는 수험생이라면 지금 막 '취준'이라는 시기를 보내느라 다른 미래를 그려볼 여유가 없을 것이다. 하지만 이 글을 읽으며 한 번쯤 결혼과 출산 이후의 삶도 생각해보면 좋겠다.

오늘은 금요일이다. 같이 지내던 직원 한 분이 오늘까지만 근무하고 지자체로 전출을 갔다. 서로 이유는 물어보지 않았지만 아쉽다는 인사 대신 축하한다는 말을 건넸다. 얼마 전에 결혼을 하고 아이가 생겼다고 했었다. 정말이다. 축하해주고 싶었다. 세상에는 보지 않아도 그릴 수 있는 것들이 간혹 있다.

공무원 인사이동의 비밀

　서울은 언감생심, 지방에서 지방으로 인사 발령이 났다. 전라도에서 충청도로 도의 경계선을 넘었다. 당연히 개인의 의사 같은 건 고려되지 않았다. '다음 주 월요일에 인사가 있을 겁니다'라는 인사부서의 전화 한 통이면 충분했다.

　공무원 세계에서의 인사이동은 쉽다면 쉽고, 어렵다면 어렵다. 모호하지만 정확한 답이라고 생각한다. 인사이동에는 개인이 처한 상황, 성향, 시기, 운 등 여러 요소가 복합적으로 작용한다. 그중에도 강력하게 작동하는 요인이 있다면 '개인의 의지'와 '트렌드'일 것이다.

　'저는 승진, 평판, 분위기 등 다른 모든 요소는 신경 쓰지 않습니다. 무조건 옮기겠습니다'라는 사람은 어지간한 경우가 아니라면 원하는 곳으로 옮길 수 있다. 시간이 좀 걸릴 수는 있어도 결국은 옮겨갈 것이다. 만약 조직 외부로 이동하고 싶다면 각 부처나 지자체가 자체적으로 게시한 전입 공고를 이용하기도 하고, 의사가 합치하는 사람과 트레이드를 진행하기도 한다. 제도와 시스템은 마련되어 있다. 그럼에도, 트렌드와는 반대로 움직여야 이동하기가 한결 수월할 것이다. 당연히 요즘 트렌드는 웰빙이다. 청에서 부처로 옮기는 사람보다 부처에서 청으로 옮기려는 수요가 많다. 지자체에서 중앙부처보다는 중앙부처에서 지자체로의 이동이 더 일반적이다. 조직 내부에서의 이동이라면 물론 눈치가 보여 쉽지 않겠지만 인사부서를 찾아가 드러눕다시피 자기 의견을 말할 용기만 있다면 이동은 가능할 것이다.

조직 내 부서 간 이동

명목상 2년은 한자리에서 근무해야 한다는 규정이 있다. 하지만 큰 의미는 없다. 인사규정에는 '예외규정'이라는 것이 있는데, 필요에 따라 예외규정을 적용해 인사를 하기 때문이다. 한자리에서 4년 이상 근무하는 직원도 있고, 6개월마다 자리를 옮기는 직원도 있다. 대체로 일을 아주 잘하거나, 아주 못하면 타의로 자주 옮기게 된다. 있는 듯 없는 듯 묵묵히 자기 할 일을 하는 사람들이 대개 한자리를 오래 지킨다. 다른 부서에서 빼앗아가기도 어렵고 내주지도 않기 때문으로 생각된다.

부서 간 이동은 개인의 의지만 확실하면 언제든 시도할 수 있다. 앞서 말했다시피 인사팀과 부서장을 찾아가 자기 의지를 분명하게 전달할 수 있다면 의사는 높은 확률로 반영된다. 명확히 전달하기가 쉽지 않을 뿐이다. 대부분의 사람들은 조직 내에서의 관계, 평판, 승진 등에 민감하기 때문에 자신의 의지보다는 조직이 정해주는 방향에 복종하는 경우가 더 많다. 의사를 표현했다가 뜻대로 되지 않을 수도 있으니 조심하게 된다. '긁어 부스럼'은 공무원들이 싫어하는 말 중 하나다. 그런데 분명한 점은 인사라는 것도 '미운 놈 떡 하나 준다'는 식으로 운영되는 경향이 강해서 정말 원하는 바가 있다면 의사를 확실히 표현해야 유리하다. 승진을 하기 위해서는 거쳐야 하는 자리가 있고, 확실히 사내 정치에 능한 사람들은 원하는 자리를 잘 찾아가는 경향이 있다. 개인의 정치적인 역량도 내부 인사에서는 강력한 요소로 작용되는 것 같다.

중앙부처 간 이동

중앙부처 간 이동은 크게 두 가지 방법이 있다. '트레이드'와 '일방 전입'. 트레이드란 말 그대로 다른 부처에 있는 사람과 서로 자리를 맞바꾸는 방법이다. 권장되는 방법이기도 하고, 맘에 맞는 사람만 구하면 수월하게 진행된다. 자기가 소속된 부처와 가고 싶은 부처를 웹사이트에 등록하여 사람을 찾는 방식이다. '나라일터'라는 홈페이지를 활용하면 된다. 단, 인기 부처와 비인기 부처가 확연히 나뉘는데 당연히 비인기 부처로의 이동은 쉽고, 인기 부처로 옮기기는 어렵다. 서울에 있는 부처와 대전에 있는 '청'들이 대개 인기가 높다. 또는 법제처와 같이 업무가 독립적으로 이루어지는 조직에 대한 선호가 특히 높다. 윗사람에게 사소한 일로 시달리고, 쓸데없는 의전에 시간을 낭비하는 대신 자기 할 일만 충실히 하면 되는 조직을 젊은 공무원들이 원하고 있다.

가끔 인력이 부족한 부처에서 전입 공고를 내기도 한다. '우리가 사람이 필요하니 ○급, ○년 차 이상 공무원, ○명을 받겠습니다'와 같은 식이다. 원서를 써서 지원하고 면접을 거쳐 합격하면 '일방 이동'이 가능하다. 깔끔한 방법이다. 평판 조회도 하지만 결정적인 사유가 아니라면 당락에 큰 영향을 미치는 것 같지는 않다.

중앙부처와 지방자치단체 간 이동

중앙부처에서 지자체로의 이동은 갈수록 어려워지고 있는 추세다. 맞벌이를 하는 부부가 늘면서 한곳에 정착하려는 수요가 높아졌다. 지자체는 근무지가 지역 내로 한정된다는 장점이 있다. 지자체로의 이동은 전반적으로 어려운 가운데, 계급에 따른 난이도 역시 다르다. 5급 사무관의 경우, 중앙부처에서 지자체로의 이동은 사실상 불가능하다. 직급이 높을수록 지자체에는 자리가 많지 않고, 승진에 민감하기 때문에 외부에서의 전입을 반기지 않는다. 트레이드라면 어떻게 가능할지 모르겠지만 일방 전입은 사실상 방법이 없다. 한편, 8급, 9급인 젊은 공무원이라면 중앙에서 지자체로의 이동이 상대적으로 수월하다. 젊고 일 잘하는 공무원에 대한 수요는 어디나 존재한다. 다만, 수월할 뿐이지 결코 쉽진 않다.

소수직 공무원의 이동

한마디로 말하자면, '어렵다'. 이동이란 것은 반대편에 자리가 있음을 전제로 하기 때문이다. 소수직은 애초에 자리가 얼마 없다. 그러니까 혹시 여러 조직에서 다양한 경험을 쌓고 싶다거나 언제든 옮길지 모른다면 어렵더라도 행정직으로 입사하는 편이 낫다.

맞벌이 부부가 늘고, 육아가 어려워지면서 그리고 공무원들의 개인주의적 성향이 강해지면서 가고 싶은 곳과 가고 싶지 않은 곳이 확연히 구분되고 있다. 워라밸을 중시하는 트렌드와 반대되는 곳으로의 이동은 쉬워진 반면, 그러한 트렌드에 올라타려는 이동은 어려워졌다. 그럼에도 불구하고, '개인의 의지'가 절대적으로 중요해서 '이동'에 모든 것을 걸겠다는 사람이라면 아직은, 적어도 1회 정도는 그 의지를 실현할 기회가 있을 것이다(2회 이상에는 더 큰 용기가 필요할 뿐 불가능하진 않다).

그렇다면 나는? 때때로 이동을 고민한다. 부서 간을 포함해부처 간까지도. 하지만 여러 요소를 따져봐야 해서 역시 결단이 쉽지 않다. 대학교 신입생의 마음과 비슷하지 않을까. 지금 대학보다 더 좋은 대학을 가겠다며 입학하면서 반수를 마음먹지만 결국 다니다 보면 그곳에 정이 들고 머무르게 된다. 가고 싶은 곳은 가기가 어렵고, 갈 수 있는 곳 중에는 마땅한 곳이 없다. 어떻게 보면 지금 이곳이 내게 가장 잘 어울리는 자리라

내가 머무르는 것이다. 아마 나와 비슷한 사람이 대다수이지 않을까. 그래서 공무원 조직이 구성원의 대규모 이동 없이 안정적으로 굴러가는지 모른다. 일단, 올해 잘 넘기고 내년에 생각하기로 했다. 그러다 보면 또 다른 내년이 다시 오겠지. **모든 게 이런 식인 건 좋지 않군요.**

이번 주는 유연근무를 해도 될까요?

첫 시도라 그런가(첫 출근하고 1년이 지났던 2016년 겨울을 말합니다) '유연근무 신청하기 굉장히 어렵군요…'라고 말해야 할 것 같다. 그날의 우스꽝스럽던 내 모습이 아직 기억 속에 선명하기 때문이다. 걱정되는 마음에 결재를 올리기 전부터 나는 준비를 꽤 철저히 했다. 준비랄 게 필요한 일인지 모르겠지만.

시나리오Ⅰ. 부서장이 유연근무의 이유를 묻는다면 개인 사정으로 인해 이번 주 금요일 오후는 일찍 퇴근하려 한다고 대답하기로 했다.

시나리오Ⅱ. 부서장이 애매모호한 태도를 보인다면 주어진 근무시간 동안 열심히 일하겠다는 의지와 유연근무에 대한 간절함을 표정으로 표현하기로 했다.

시나리오Ⅲ. 만약 부서장이 난처한 표정을 짓는다면 그래, 그땐 포기하기로 했다(이렇게 쉽게?).

성큼성큼. 두근두근. 과장님께 인사를 꾸벅하고 조심스레 말씀드리기 시작했다. 최대한 다른 부서원은 들리지 않게 조심스런 목소리로 속삭이듯 말했다. 굳이 과 분위기를 해치고 싶지 않았다.

"과장님 저… 이번 달은 유연근무를 좀 신청하겠습니듬듬….."

수십 번이나 속으로 되뇌던 대사였는데 더듬어버렸다. 멍청한 자식. 다행히 흔쾌히 오케이해주셔서 준비한 시나리오는 무용지물이 되었지만, 보고를 하고 자리로 돌아오는데 그대로 가방을 싸서 집에 가고 싶을 만큼 스스로의 소심함이 부끄러웠다. 왜 이렇게 모든 보고는 하는 순간 맥이 탁 빠지는 것일까.

유연근무를 시작하면서 평일 업무 밀도에 신경을 기울였다.

금요일 오후에 일찍 자리를 비운다고 업무 공백이 크게 발생하면 곤란할 것이다. 일의 흐름을 민감하게 포착하고 한 템포 빠르게 처리하려고 노력했다. 혹시나 금요일 오후 늦게까지 업무가 밀릴 것 같으면 기차표를 오후 4시, 오후 5시, 오후 6시 이런 식으로 복수 예약해뒀다가 일을 마무리하는 대로 퇴근했다. 금요일 오후에는 차표가 매진인 경우가 많아서 기차를 한 번 놓치면 서울 올라가는 길이 막막해지는 탓이다.

최근 정부는 국정과제로 '휴식 있는 삶'과 '일과 생활의 균형'을 내세운다. 연차 휴가 70퍼센트 이상 사용, 매주 수요일 정시 퇴근 등 다양한 제도를 도입하고 있다. 부서 직원이 얼마나 유연근무를 사용하느냐에 따라 부서장의 평가 점수가 매겨지기도 한다. 현장에서 그 실효성을 크게 체감하기 어려워서 문제다. 물론, 중소기업의 열악한 현실에 비한다면 공무원 조직의 복지는 제도적으로 촘촘하게 보장되어 있다. 하지만 공무원 조직이라도 먼저 빨리 변해야 그 변화가 민간까지 퍼져나갈 수 있음도 사실이니 어쩔 수 없는 측면 역시 존재한다.

우리나라의 조직들은 제도와 별개로 근무시간만 맞춰 일해서는 그 사람의 감정이 조직원들에게 전달되기 어려운 구조다.

퇴근시간 이후에 앉아 있고, 굳이 조금 일찍 나오고, 필요 없는 일도 해가며 일하는 척해야 '아, 저 사람이 우리 조직을 위해 일하는구나'라고 느낀다. 업무시간에 집중해 일을 끝내고 싶고, 근무시간을 유연하게 활용하여 행복을 찾고 싶은 사람에게는 곤혹스럽다. 조직 논리를 강조하는 사람에게 일찍 퇴근하는 사람들은 그저 거만하거나 터무니없는 사람으로 받아들여지기 십상이다. 단순히 퇴근시간을 지키는 이유가 '가족과 조금 더 시간을 보내고 싶어서요'라든가 '집에서 혼자만의 시간을 갖고 싶어서요'라고 대놓고 말할 수 있는 사람이 얼마나 될까? 그랬다가는 '**당신만 가족 있느냐**'는 비아냥이나 '**자기만 아는 개인주의자**'라는 비난을 피할 길이 없을 테니.

감정을 공유하려는 사회에서는 비합리적인 일이 쉽게 벌어진다. 일 잘하는 사람보다 술 잘 마시는 사람이 대우받고, 묵묵히 자기 할 일 하는 사람보다 별일 아니라도 티부터 내는 사람이 인정받는다. 왜냐하면 그것이 일종의 **회사를 위한 진심이자 희생**이라고 여겨지기 때문이다. 좋은 부서장을 만나 나는 배려를 받고 유연근무를 사용하지만 시나리오를 세 개나 준비해야 하는 현실 자체는 여전히 숨이 막힌다. 집단주의가 우위인 현실을 극복해버리고, 눈치에 짓눌리지 않으며 대신 해야 할 일은 확실히 책임지는 그런 조직 문화가 새로이 탄생한다면 어떤 모습일까. 내성적이고 소심한 사람들도 쉽게 적응할 수 있는 사회는 어떤 형태일까. 문득 상상해본다.

개인은 누구나 거동과 행방에 자유를 갖고자 하는 존재다. 회사는 (돈을 주는 대신) 그런 개인의 자유분방함에 제동을 걸고 싶어 한다. 고작 한 시간 정도 병원에 다녀오려 해도 누군가에게 말하고 가야 하는 현실 앞에 미루게 된다. 자동차 타이어에 바람이라도 빠진 날이면 겨우 그 정도 되는 일로 누군가의 눈치를 보며 외출해야 하는 현실이 힘겹게 느껴질 때도 있다. 초등학교 6학년 땐 꿈이 '임대업자'라는 동네 형의 말이 우스웠다. 꿈이 황희 정승이나 장영실 정도는 되어야지 고작 건물주라니. 그런데 건물이 있다면 좋겠다는 생각을 했다. 아무 때나 병원도 가고 자동차를 고칠 수 있을 것 같았다.

나는 이제 불과 30대 초반이고 정년이 되려면 30년은 더 일해야 한다. 학창 시절에는 아니다 싶은 일은 쉽게 관두는 편이었다. 그런데 일시적으로 고조됐던 감정 때문에 관두고 후회하는 일도 적지 않았고, '음, 좀 더 끈기를 기르도록 해야겠군' 하고 반성도 했다. 하기 싫은 일이라도 한 번 두 번 정도 참고 시간을 견디다 보면 마음이 가라앉았거나 주어진 환경에 적응도 했다. 세 번째 정도 이르러서 '그래, 할 수 없지' 싶을 때 관두는 것이 의젓한 결정임을 배웠다. 직장생활로 치환해 생각해본다면 이미 한 번 관두고 싶은 감정이 지나갔다. 언제일지 모르지만 앞으로 두 번째 고조된 감정이 찾아올지 모른다. 세 번째는 오지 않았으면 좋겠다. 정말이다. 두 번째 파도를 넘기 위해 유연근무를 여전히 하고 있다면 너무 개인적인 변명인 걸까?

공무원이 공무원에 대해 말해보겠습니다

'Hi Seoul'에서 'I Seoul U'로 서울시의 슬로건이 바뀔 때 '풋' 하고 비웃을 수만은 없었다. 대신 저걸 바꾸기 위해 얼마나 많은 공무원들이 밤늦게까지 고생했을지 생각했다.

도시에는 도시마다 슬로건이 있다. '다이나믹 부산' 'It's 대전' 같은 식이다. 외래어와 한글 지명이 어설프게 조합된 슬로건인지라 사람들은 대개 부정적이다. 자신이 살고 있는 도시의 슬로건조차 모르는 사람이 많다. 그럼에도 대부분 도시는 슬로건을 갖고 있다. 그 말인즉슨, 그것을 만든 공무원들 역시 존재한다는 뜻이다. 고만고만한 슬로건을 만들기 위해 그들은 얼마나 노력을 기울였을까.

'용역을 맡겼겠지. 도대체 왜 슬로건을 바꿔야 하는지 담당자도 납득하지는 못했을 거야. 그래도 어쩌겠어. 위에서 바꾸라면 바꿔야지. 이미 결정된 문제라면 왜 바꿔야 하는지 문제를 제기해봐야 아무 소용은 없어. 일단 홍보 전문가를 찾는 일부터 쉽지 않았을 거야. 소문난 전문가들은 돈이라도 두둑이 주는 대기업 일을 선호하니까. 용역사를 구한 다음에는 착수, 중간, 최종 보고회를 거쳤겠지. 그 과정에서 여론조사도 했을지 몰라. 당연히 사람들은 낯설게 느꼈을 테고 비난부터 했겠지. 내부적으로도 의견이 갈렸을 거야. 너도 나도 숟가락을 얹었겠지. 아무튼 '짠' 하고 내놨을 때의 반응은 안 봐도 뻔해. 공무원이 브랜드 마케팅을 시도할 때 긍정적인 평가를 받는 경우란 잘 없으니까. 대기업의 파격적인 유명 광고처럼 무엇을 쌈박하게 시도하긴 어려워. 시간이 많이 흘렀으니 저 슬로건을 만든 공무원은 지금쯤 인사이동을 했을 텐데 어디서 무얼 하고 있을까. 그래도 뿌듯하긴 할 거야. 자기 손을 거친 슬로건이 도시 곳곳에 노출되고 있으니까. 다만, 사람들이 그 노력을 알아주면 더 좋을 텐데.'

이런 생각을 하게 된다. 슬로건을 비롯해 도시에 세워진 공공건축물, 시설물, 표지판까지, 우리가 익숙하게 스쳐 지나가는 모든 것들 뒤에는 공무원이 있다. 적어도 나는 동료로서 그들의 노고를 알기에 쉽게 평가하지 못한다.

친한 친구 중에 공군 조종사가 있다. 그의 말을 빌리자면 그는 기밀에 가까운 일을 한다. 여기서 자세히 이야기는 못하지만 아무튼 그는 공중에 오래 떠서 우리나라 상공을 지킨다. 아침에도 뜨고 점심에도 뜨고 저녁에도 뜨고 심지어 새벽에도 뜬다. 당연히 그는 공항 근처 관사에 살고 있다. 멀리 벗어나지 못한다. 오래 잘 떠 있으려면 체력이 최우선이라고 운동도 일의 연장이라며 쉬는시간엔 운동만 한다. 날이 갈수록 몸은 커져만 간다. 아무튼 함께 만나 밥을 먹다가도 호출이 오면 "미안하지만 가봐야 한다"며 자리를 뜨는 친구다. 그러니까 내가 쿨쿨 세상 모르도록 잠든 새벽녘에 누군가는 밤하늘 위를 날며 맡은 바 임무를 다하고 있는 것이다.

친한 친구 중에 경찰서 강력계에서 일하던 친구가 있다. 툭하면 심심하다고 카톡이 오기에 귀찮아했는데 나중에 알고 보니 걸핏하면 잠복 중이라 그랬던 모양이다. 출근시간은 9시로 일정한데 퇴근시간이 정해지지 않은 삶을 산다. 날이 갈수록 눈에 띄게 홀쭉해져갔다. 끼니도 제때 챙기지 못할 게 뻔했다.

가끔 만나서 범인 잡은 이야기를 들려주는데 그렇게 흥미진진할 수가 없다. 물론 달리는 자동차 앞 유리에 올라타 총탄을 발사하고 "손 들어, 움직이면 쏜다"와 같은 대사는 없었지만, 들려주는 이야기들이 소소하게 현실적이라 즐거웠다. 예를 들자면 피시방에서 절도 용의자인 고등학생들을 찾았는데 뒤따라오는 동료를 기다릴까 수갑을 채울까 고민하다 아무래도 상대방이 덩치가 커서 결국 동료를 기다렸다는 이야기. 친구들은 고등학생한테도 겁을 먹냐고 다 같이 형사님을 한참이나 놀려먹었다. 하지만 속으로 우리는 다들 알고 있었다. 지하 어두컴컴한 피시방에서 덩치 큰 고등학생들을 붙잡아서 얌전히 수갑 채우기가 생각보다 위험천만하고 두려울 수 있는 일임을.

아무튼 이 친하다는 친구들 모두 고등학교 시절을 한 반에서 함께 보냈다. 그 시절에 이들이야 (나를 포함해) 다 같이 멍청한 인간들이었지 나라를 떠받치는 한 개의 톱니바퀴가 되어 있을 줄 몰랐다. 야간 자율학습 땡땡이나 치고 거친 농담을 주고받다 갑자기 삐치기나 하던 친구들이었다. 매일 체육시간마다 내기 축구나 하던 인간들이 어엿한 공무원이 됐다. 그러고 보면 결론은, 공무원은 아무나 된다는 거다. 뭐 저런 한심한 녀석이다 있을까 싶을 정도로 그 시절 바보같이 해맑던 인간들이.

좀 민망하고 낯 뜨거운 이야기지만 사람들이 공무원을 좀 더 따뜻하게 바라봐주면 좋겠다. 왜 이런 말을 하느냐면 나의 지난 경험 때문이다. 공무원이 되기 전에는 공무원만큼 따분하고 하릴없이 게으른 사람들이 없다고 생각했다. 왜 그런 생각을 가졌는지 원인은 정확히 모르겠다. 아무튼 그랬다. 그런데 내가 아는 한 내 친구들은 (나를 비롯해) 다들 공무원이 될 줄 몰랐다가 공무원이 되어버린 인간들이다. 만나서는 서로를 향해 "네가 나라를 지켜?"라며 여전히 누가 먼저랄 것도 없이 놀림을 주고받는 녀석들이다. 하지만 각자의 자리에서 수고가 많다. 밤새 하늘 위에 떠 있고 밤마다 지하 피시방을 뒤지러 다닌다. 우리들뿐만 아니라 전국의 백만 공무원들은 나름대로 열심히 일하고 밥벌이도 한다. 김훈 작가의 말처럼 거기에는 '개별성과 보편성 같은 것'이 있다. 그러니 조금 마음에 안 드는 부분이 있어도 친구이자, 아들과 딸이자, 동료라는 생각으로 공무원들에게 응원을 보내주면 좋겠다.

그나저나 친구들아, 우리 어른이 되면 폼 나는 인생을 살자고 했었는데 지금 폼 나게 살고 있는 거 맞니? 혹시 아니라도 학창 시절 그 풋내기 시절처럼 우리 모두 철없게 웃고 떠들며 살아가자. 어차피 10년 후 20년 후, 우리는 다시 예측할 수 없는 삶을 살고 있을 테니까.

심플하게 꾸민 거실은 여전히 퇴근하고 집에 들어서는 내게 행복감을 주는 중요한 요소다. 거실 한구석에 놓아둔 액자, 창밖으로 보이는 야경, 행복한 추억을 떠올리게 하는 결혼사진, 내가 아끼는 화분과 나무 그리고 고요함까지, 모든 것이 완벽한 곳이다. 푹 쉬었으니, '음, 내일은 하루쯤 복잡한 사무실에 다녀와도 되겠어' 하는 생각이 든다. 혹시 숨은 보석을 발견하는 하루가 될 수 있다. 그동안 수많은 이유들로 행복하지 않은 것들만 떠올리지는 않았는지.

3

조직 밖에서, 나와 마주하기

지금 당장 간부가 되었다고 상상해봤다. 당장 널찍한 방 하나와 운동장만 한 책상이 주어진다 해도 상황이 지금보다 나아질 것 같지 않다. "되어보지 않고는 모르는 거예요"라고 말해줄 사람도 있을지 모른다. 하지만 느낌이 예전과는 확실히 다르다. 무엇이 다르냐 하면 고등학생 시절에는 그래도 대학에 간 선배를 보며 닮고 싶은 마음이 있었다. 대학 타이틀이 인생 전체를 책임져주지는 않아도 열심히 공부해서 이왕이면 좋은 학교에 가려고 노력했다. 대학에 와서도 마찬가지였다. 취업이 인생을 드라마틱하게 바꾸진 않겠지만 그래도 앞서 취업한 선배를 보며 '나도 취업 한 번쯤 제대로 해보고 싶군'이란 생각을 했다. 야망이라고 해도 좋고, 호기심이라고 해도 좋을 만한 꿈틀대는 무엇이 있었다. 그런데 직장생활은 달랐다. 꿈틀거림이 사라졌다!

물론 정년이 보장된 철밥통 속에 있으니 그런 맘 편한 소리 할 수 있는 거죠, 세상엔 그렇게 쉽게 말할 수 없는 사람도 많아요,라고 말할 분도 있을지 모르겠다. 굳이 변명하자면 내가 잘못된 방식으로 살아온 탓이다. 막연하게 남들이 좋다고 하는 길에 아무 생각 없이 들어서서 앞서간 사람의 뒤통수만 쫓으며 살았던 것이다. 막상 조직에 들어오고 앞이 잘 그려지지 않자 어미 새 잃은 아기 새 심정이 되고 말았다.

최근 들어 깨달은 게 하나 있다. 과거의 나는 좋은 물건 하나를 사는 대신 시시한 물건을 여러 개 사는 방법으로 돈을 써왔다. '돈을 아껴야지' 하는 마음에 사고 싶은 물건이 있어도 체념부터 했다. 아끼고 모아서 꼭 필요한 데 쓰자며 스스로를 설득했다. '쓸 줄 알아야 벌 줄도 안다'고 했지만 나는 쉽게 변하지 않았다. 예를 들면 이런 식이다. 매일 쓰는 책상인데도 인터넷 최저가를 검색해 아무 생각 없이 가장 싸구려 책상을 산다. 조금만 써도 덜컹거리고 오랜 시간 페인트 냄새가 빠지지 않아 불만스럽다. 불만족스런 물건이 나도 모르는 사이에 내 방을 하나둘 점령해 간다. 책상 하나뿐일 땐 몰랐는데 한 쪽 바퀴가 빠진 서랍과 흔들리는 책장 등 오래 함께하고 싶지 않은 물건이 늘어만 간다. 신경이 쓰인다.

　그러고 보니 나는 시간도 비슷한 방식으로 써왔다. 하고 싶은 일이 있어도 '과연 이만한 시간을 투자할 만한 가치가 있을까' 손익부터 계산했다. 볼 만한 미술 작품이 전시되고 있다며 아내가 덕수궁 옆 서울시립미술관에 다녀오자고 하면, 무엇이 남는지부터 헤아려보는 식이다. 갔다 오면 주말 하루가 날아가고, 피곤하고, 별로 기억나지도 않을 거라고 했다. 나중에 아이도 키우고 집도 넓혀 가려면 시간도 아끼고 돈도 아껴야지,라고. 그래봤자 그 시간에 잠만 잘 거면서. 사실 이런 방법으로 셈을 하면 경험할 수 있는 일은 극히 제한될 수밖에 없고 나의 일상은 내가 원치 않는 것들 중심으로 굴러가게 된다. 자꾸 대가를 원하게 되고 자칫 그 대가가 다시 출세나 성공 쪽으로 흘러가면 나는 같은 실수를 반복할 게 뻔했다.

시간부터 사치스럽게 써보기 시작했다. 그간 '시간이 없어서'라며 미뤄왔던 일을 하나 둘 챙겼다. 날씨 좋은 날, 지하철을 타고 시청역에 도착해 손을 잡는 정도까지는 아니라도 이를테면 아내와 어깨를 부딪치며 함께 덕수궁 돌담길을 걷고, 길을 따라 펼쳐진 벼룩시장을 구경하고, 정동의 기분 좋은 카페에 앉아 커피를 나눠 마시고, "이렇게 서봐" "저렇게 서봐" 하면서 서로 사진을 찍는 호화로운 하루를 보내봤다. 나무 사이로 쏟아지는 햇살과 농담을 주고받을 때의 기쁨, 그 풍성한 시간의 결을 놓치지 않았다.

나는 여태 내가 좋아하는 것들로 내 주변을 채우는 데 자주 실패했다. 만족스런 지금 이 순간, 상태, 환경, 의식이 얼마나 희귀하고 귀중한데 말이다. 삶은 흘러가기도 하지만, 멈춰있기도 하다는 걸 새삼 깨닫는다. 새롭게 경험하는 감정을 모르는 채 두고 싶지 않다. 그래서 좀 홍청망청 살아보자는 생각을 했다. 언젠가 어설픈 생각이었음을 깨닫게 되는 날이 올지도 모르지만, 그것이 현재의 내 삶을 행복하게 만들어준다면 나는 기쁠 것이다.

원목으로 된 근사한 책상부터 장만해야겠다. 저녁에는 어린 시절 읽던 《로마인 이야기》를 다시 꺼내 읽어야겠다. 집으로 친한 지인을 불러 담소를 나누고 아내와 서로 보고 싶었던 영화 두 편을 연속해서 돌려봐야겠다. '나만의 라이프스타일을 구축한다'는 만족감에 잠깐 취해가도 괜찮지 않을까? 한동안 더 기뻐보려 한다. 꿈틀꿈틀.

커피를 얼마나 더 마셔야 정년이 올까

"커피를 몇 잔쯤 더 마시면 정년이 올까?"

아이스라테를 홀짝이던 내가 아내에게 물었다. 그녀는 웬 실없는 소리냐는 표정으로 웃어넘겼다. 볕이 좋은 토요일 오후였다. 집 앞에서 밥을 먹고 각자의 커피를 손에 쥔 채 아파트 1층 현관 앞을 왔다 갔다 하는 중이었다. 약속이라도 한 듯 50미터 거리만을. 멀리 산책 갈 생각은 안 했다. 평일에 쌓아온 피로가 밀려왔으니까.

"21,900잔."

아내가 나지막하게 말했다. 하루 평균 2잔을 마시니까 1년이면 730잔. 30년은 일해야 할 테니 21,900잔. 21,900잔을 마시면 60세가 될 거라고 친절히 설명해줬다.

21,900잔이라니. 취준생 시절에는 그랬다. 5,000원 하는 커피를 부담 없이 사먹을 수 있는 월급쟁이의 삶이 간절했다. 한 손에는 아메리카노, 다른 한 손에는 브리프 케이스를 들고 정장을 입은 채 출근하는 직장인이 꿈이었다. 신림동 독서실 옥상에서 그런 상상을 21,900번은 더 했다. 그런데 막상 꿈에 그리던 취업을 하자 커피가 다른 의미로 보이기 시작했다. 커피는 죄가 없으니 나의 간사함이 문제겠지.

나와 아내는 커피 2잔 정도를 매일 마신다. 평일 마시는 습관이 주말로 이어진다. 카페에 앉아 있는 것을 썩 좋아하지는 않아 주말이면 테이크아웃을 한다. 굳이 쉬는 날조차 닫힌 공간에 앉아 있고 싶지 않았다. 경치라도 좋으면 모를까, 도심 속 와자지껄한 카페는 평일의 피로를 떠올리게 하니까. 어떨 때는 커피를 사서 반쯤만 먹고 냉장고에 넣어둔다. 집에 한참 있다 보면 커피가 확 당길 때가 또 있기 때문이다. 신혼 때 선물 받은 커피머신이 있지만 안 쓴 지 오래다. 커피를 내려 먹는 낭만은 맞벌이 부부의 귀차니즘 앞에 일주일을 못 갔다.

딱히 선호하는 카페가 있는 것도 아니다. 커피 맛에 민감하지 않다. 카페인이 몸에 들어왔다는 사실이 중요하지, 어떤 커피인지는 별로 중요치 않았다. 엄밀히 말해 커피 맛을 예민하게 구분하지 못한다. 스타벅스에서 바닐라 라테 벤티 사이즈를 주문하고 '죠리퐁 맛이 난다'며 서로 한 모금씩 나눠 먹기를 좋아한다. 절대로 두 모금은 먹지 말라는 경고도 서로 잊지 않는다. 연애할 때 이 정도로 커피를 좋아하지는 않았다. 식후에 자연스레 커피를 찾는 습관은 일을 시작하고 생겼다.

커피에 담긴 현대 사회의 피로를 우리 부부도 매일 들이켜는 중이다. 이제는 커피를 마셔야 머리가 맑아진다는 환상에 빠져버린 것 같다. 파블로프의 개가 된 걸까. 카페인이 몸에 들어와야 뇌가 반응하는 것이다. 실제로 사람의 몸은 지칠 때 아데노신이라는 물질을 분비한다. 몸을 아끼라는 신호다. 그런데 커피를 마시면 화학식으로 말해 $C_8H_{10}N_4O_2$인 카페인이 아데노신의 분비를 막는다. 마치 우리 몸이 지치지 않은 것처럼 우리를 속이는 것이다.

이왕 공을 들여 계산한 거, 21,900잔의 양이 얼마나 될까 한 번 더 계산해봤다. 스타벅스 톨 사이즈가 355밀리리터, 그란데가 473밀리리터, 벤티 591밀리리터인데, 그란데 사이즈로 21,900잔을 마신다고 가정했을 때 대략 1만 리터 정도 된다.

1만 리터는 빌라촌 옥상에서 볼 수 있는 파란 물탱크 하나쯤 된다. 파란 물탱크와 회사생활을 맞바꾸고 있는 셈이다.

우린 '나는 할 수 있다'를 강요하는 세상에서 컸다. 그렇지만 나이가 들면서 세상에는 할 수 있는 일과 할 수 없는 일이 명확히 구분된다는 것을 차츰 알아갔다. 그럼에도 모든 것을 할 수 있다는 환상에 빠져 자아가 고갈되고 있지는 않은지 생각했다. 경쟁에서 살아남고 성과를 내기 위해 커피를 주입하는 악순환에 걸려들지는 않았는지. '나는 할 수 없다'도 생각해봐야 할 것 같다. 여유가 필요해 보인다. 할 수 없는 것을 냉정히 포기할 때 할 수 있는 것이 찾아질 것이다. 그럼 21,900잔을 전부 마시지 않고도 새로운 출발을 감행할 수 있을지 모른다. 오늘도 책상 위에 쌓여가는 빈 커피잔을 보며 파란 물탱크를 떠올린다.

신림동을 지날 때마다 하는 말

📖

사람마다 어떤 장소에 가면 반드시 해야만 직성이 풀리는 말이 있다. 가령 나는 신림동, 엄밀히 말하면 고시촌을 가로지르는 대학9동과 2동 사이 길을 지날 때마다 "여긴 진짜 아니야. 정말 아니야. 경험하지 않은 사람은 절대 모를 거야"라는 말을 한다. 노량진역 앞길을 지날 땐 "여기도 마찬가지겠지. 경험하지 않았지만 알 수 있어"라고 말한다. 그 말에는 합격해서 신림동 독서실을 떠났다는 어쩔 수 없는 값싼 자랑 7할과 지나간 슬픔 3할이 담긴다. 특히 연인이 옆에 있으면 반드시 신림동의 이모저모까지 덧붙여 떠든다. 지금은 아내가 된 그 시절의 연인은 여전히 귀가 닳도록 듣는 중이다. 남자들은 여자에게 자기 고생한 이야기하기를 무척 좋아하는 것 같다. 아무튼 죄송하지만 이 글은 남자 분들도 읽으실 테니 지나간 슬픔 3할에 관한 이야기다.

신림동이나 노량진의 수험생은 모두 같은 경험을 공유한다. 도시에 있되 섬 같은 이곳에서 묘한 기운을 느낀다는 것이다. 도대체 그 기운이 어디서 혹은 누구에게서부터 이렇게 염력처럼 뿜어져 나오는지 아무도 모른다. 공동묘지에 가면 왠지 모르게 느껴지는 눅눅함이 여기에도 있다. 먹고 공부하고 자고, 다시 먹고 공부하고 자는, 자율이라고는 찾아볼 수 없는 청춘의 강제된 하루가 축축 처지는 공기를 만든 것 같다. 구체적으로 내가 느낀 기운을 설명하라면, 멀쩡한데 왠지 앓아누워야 할 것 같은 기분이었다.

눅눅함을 이기고 신림동의 하루는 오전 7시에 시작된다. 대개 독서실이 오전 7시에 문을 연다. 7시 5분, 10분, 15분… 5분 간격으로 문구점 앞, 학원 앞, 독서실 앞에서는 네댓 명의 수험생이 모였다 헤어지기를 반복한다. 출첵스터디˙라고 불리는 이 모임은 스터디는 아니고 강제 기상 모임이다. 지각하거나 제시

• 매일 아침 정해진 시간에 일어나도록 서로 확인하는 모임인 '출석 체크 스터디'의 준말.

간에 나오지 못한 사람은 벌금을 물고 지각 횟수가 가장 적은 사람이 벌금을 가져가는 합리적인 시스템으로 운영된다. 일면 식도 없던 사람과 이른 아침 민낯으로 만나려면 용기가 필요하다. 절박하면 없던 용기가 생긴다지만 적응되는 일은 아니다. 6개월여를 매일 만났는데 이름조차 묻지 못하고 헤어진 사람이 나만 해도 수십 명이다. 식당이나 길에서 심지어는 주말에 데이트를 나갔다 강남역 앞에서 마주치기도 하는데 마치 헤어진 연인을 마주친 듯 서로 흠칫한다.

좋은 건, 꿈이 같은 사람끼리 모이니 모두 평등해진다는 점이다. 어느 대학을 나왔든, 부모님이 어떤 일을 하시든, 외모가 어떻든 시험에 합격하지 않은 이상 다 똑같은 수험생일 뿐이다. 물론 독서실 책상에는 숨소리가 너무 커서 불편하다는 등 인간의 이기심을 적나라하게 엿볼 수 있는 포스트잇이 연달아 붙지만 그마저도 서로 이해한다. 내 마음이 바닥을 치고 있으니 남이 바닥을 쳐도 묘하게 공감이 된다. 그리고 난 이곳의 그런 바닥 연대감이 은근히 좋았다.

그들이 추리닝 바지를 입어줘서 좋았다. 나는 벨트를 꽉 조인 채 오래 앉아 있기 어려워한다. 친구들은 사회에서 정장 입고 근무할 시간에 나 혼자만 여기서 오직 편하기 위해 추리닝을 입었다면 자괴감에 괴로웠을 것이다. 그들 덕에 나도 추리닝을 입고 자신 있게 거리를 활보하며 수험생활을 견뎠다. 그들이 3,500원짜리 식권을 내고 같이 밥을 먹어줘서 좋았다. 매일 먹는 밥을 비싸게 주고 사먹기 그렇고 집에서 해먹기도 곤란한데 그들이 있어 비록 혼밥*이라도 자신 있게 고시식당에서 밥을 먹었다. 민낯으로 아침 7시에 문구점 앞에 나와 줘서 좋았다. 추운 겨울에 만났던 이들은 워낙 꽁꽁 싸매고 와 얼굴조차 볼 수 없었지만 우리의 열정과 연대감은 아직 그 자리에 남아 있을 것이다. 물론 십수만 원에 이를 내 벌금도 그 자리 어딘가 아직 있음 좋겠다. 그들이 독서실 옥상에서 주택가 너머 고층 건물을 바라보며 세상 잃은 표정을 지어줘서 좋았다. 나만 혼자 독서실 옥상에서 멍 때렸다면 너무 초라했을 것 같다. 싸늘한 고시촌에서 우리들은 서로가 서로에게 온기를 전하며 합격을 기다렸다. 힘든 수험생활이었지만 사소한 연대감으로 위로받을 수 있다는 사실이 신비로웠다.

• 혼자 밥 먹는 행위를 지칭하는 신조어.

사람들은 흔히 오해한다. 곳간이 차고 여유가 생기면 자연스레 베풀게 될 거라고. 신림동을 벗어나 시험만 합격하면 나는 세상에 둘도 없는 효자가 되고, 친구들의 경조사란 경조사는 모두 참석하는 의리남이 될 줄 알았다. 월급이라는 큰돈을 내 손으로 벌면 애써 외면하고 지나쳤던 구세군 냄비에 자선 행위도 할 수 있을 줄 알았다. 그런데 웬걸. 여유가 생길수록 연대감보다 경쟁심이 커졌다. 자꾸 주변과 비교하게 되고 남보다 하나라도 더 갖기 위해 애쓰고 있는 내 자신을 발견했다.

결국 사회로 나왔는데 더 혼자가 되었다는 느낌이다. 분명 주변에 사람이 더 많아졌지만 혼자라고 느끼는 걸 보니 무언가 잘못하고 있다. 비 맞는 사람을 위한 진정한 연대는 우산을 씌워주는 게 아니라 옆에서 함께 맞아주는 거라는데. 그러고 보면 극히 개인주의적인 내가 얼굴 모를 수많은 사람과 동질감을 나눌 수 있었던 이유 역시 함께 비를 맞는 처지였기 때문이다. 나도 누군가에게 위로가 되어줄 수 있는 사람이 되면 좋겠다. 다짐이 흔들릴 때마다 또 아내 손을 붙잡고 신림동을 찾아 "여긴 진짜 아니야. 정말 아니야. 경험하지 않은 사람은 절대 모를 거야"라는 말을 반복하며 몰래 그 시절의 나를 떠올려보고 와야겠다. 쓰다 보니 지나간 슬픔이 아니라 현재의 슬픔 이야기다.

공무원 시험과 그 후

    20대에 행복하기란 쉬운 일이 아니다. "20대가 인생 최고의 황금기였죠"라고 말하는 어른들의 말을 자주 들으며 성장했다. '20대=황금기'란 공식이 머릿속에 굳건히 자리 잡았고, 그래서 20대가 다 지나기 전에 황금기를 보내야 할 것만 같다. 황금에 대해 떠올리고 내 현실을 떠올리면 자꾸 마음이 급해진다. 그런데 나는 수험생활을 했다. 나의 20대에게 미안한 감정이 든다. 간혹 누군가는 여전히 20대가 가장 좋았다고 말하지만 나는 다시 돌아갈 엄두가 나지 않는다.

    수험생의 시간은 친구들의 그것과 많이 다르게 간다. 뒤처진다는 느낌은 기본이다. 밖에서는 노량진을 단순히 '컵밥' 한 단어로 정의해버리지만 고시촌은 한 단어로 정의될 수 있는 단순한 곳이 아니다. 외로움과 불안함을 속옷 입고 다니듯 항상 몸에 바짝 밀착시킨 채 살아야 하는 곳이다. 양복은커녕 무릎이 튀어나온 추리닝 바지에, 지갑은 비어 있고, 어쩐지 사회성마저 떨어져가는 기분이다. 10대 때도 그랬는데 20대에도 여전히 그 모양이다.

10대 때도 그랬지만 20대에도 죽으라는 법은 역시 없다.

7급 공무원 시험을 관두며 ⑳자 들어간 직장은 쳐다보지조차 않겠다던 후배(남, 31세)는 지금 ⑳무원연금⑳단에 다니고 있다. 7급 세무직을 준비하던 또 다른 후배(여, 29세)는 세무사 시험을 합격하고 지금은 강남에 있는 세무법인에서 일하고 있다. 5급 공채 시험을 4년이나 준비하다 중도에 포기한 대학 친구(남, 32세)는 그해 바로 예금보험⑳사에 취업했다. 회사는 을지로에 있다. 이젠 시험에 합격해 세종시까지 내려가지 않은 걸 행운으로 여긴다. 부모님 댁에 살며 주거비를 아낀 그는 서울 변두리에 일찍 집을 장만했다. 개인 SNS에 '소소한 문화생활'이라며 서울에서의 삶을 업로드하는데 시험에 합격하고 지방으로 내려간 그의 동기들이 부럽다며 '좋아요'를 누른다.

9급 행정직을 준비하던 후배는 사립대 교직원이 되었고, 9급 행정직을 준비하던 또 다른 동네 동생은 상대적으로 합격이 쉬운 소수직렬로 돌려 그다음 해에 바로 합격했다.

'대체로'(이런 통계는 당연히 존재하지 않을 테니)라고 말할 수밖에 없지만, 공무원 시험을 중도에 관둔 동료들이 '대체로' 처음부터 취업을 준비했던 주변 친구들에 비해 좋지 않은 곳에서 일하거나 그러진 않는 것 같다. 고시촌의 고시원에서 몇 개월 혹은 수 년 동안을 견뎌냈던 수험생에게 취업 준비 과정은 상대적으로 쉽게 느껴지는 면도 있다. 모래주머니를 하도 차고 달렸던 터라 좀 늦게 출발했어도 모래주머니만 떼어내면 충분히 역전할 수 있었다.

학창 시절에 국영수를 열심히 공부했던 시간이 무슨 소용이냐고 말할 사람도 있을 것이다. 하지만 그 시절에 참을성을 길렀고, 국영수를 공부하며 내 한계를 테스트해봤지 않은가. 하다못해 피타고라스라는 수학자 이름을 듣게 되면 '수학시간에 공부했던 사람 이름인데…' 정도의 알은체라도 할 수 있게 됐다. 그것조차 사회성의 일부라고 나는 생각하고 싶다. 그러니까, 도움 안 되는 수험생활은 없다는 이야기를 뱅뱅 돌려 하고 있는 중이다.

내가 여태 깨달은 몇몇 유용한 진실 중에 하나라면, 어렵게 보낸 시간은 내 안에 어떤 식으로든 기록된다는 것이다. 다음에 새로운 도전을 할 때마다 알게 모르게 도움을 준다. 수험 기간 전체가 버려진 시간이라고 함부로 평가절하되지 않으면 좋겠다. 혹시나 불합격했더라도 참을성과 끈기와 인내를 배우는 시간이 되었다고 믿는다. 나는 그 시간들을 통해 내가 어디까지 초라해질 수 있는지, 얼마나 소심해질 수 있는지 배웠다. 독서실 지하 스터디룸에 혼자 들어가 누가 들어오기 전에 삼각김밥을 후딱 해치우거나 옆 사람 기침 소리와 코 훌쩍이는 소리가 거슬려 그 사람에 대한 미움을 속으로 쌓거나 손에 맞는 펜을 사기 위해 이 펜 저 펜 계속 사보는 내 자신을 지켜보며 '아, 참 한심한 인간이구나'라고 여러 번 체감했다. 덕분에 그래도 조금은 겸손해지고 내가 어떤 존재인지 냉정하게 아는 데 도움이 됐다.

수험생활 시절, 나는 불합격 이후의 세상은 존재하지 않는 줄 알았다. 마치 지구가 네모나서 모서리 끝 어딘가는 낭떠러지라고 혼자 우기며 살았다. 시간이 꽤 지나고 보니 지구가 둥

글 듯, 삶도 네모나지는 않았다. 당연한 건데도 많은 것을 우리는 오해하고 산다. 물론 저 친구들이 시험에 불합격하고도 저렇게 잘 살 줄 알았다면 제가 수험생활을 열심히 견디진 않았겠지만 말이죠.

자소서 포비아

지금 든 생각이지만, 애초에 나는 자기소개서를 피하고 싶어 공무원이 된지도 모르겠다. 적어도 내가 아는 한 공무원 조직은 자소서 없이 일할 수 있는 유일한 직장이다.

생애 첫 자소서를 쓴 기억은 고등학교 신입생 시절로 거슬러 올라간다. 입에서 한숨이 절로 나왔다. 살면서 겪은 가장 어려웠던 경험을 쓰라는 질문에 '지금 이 순간!'이라고 적을 뻔했다. 어쩌자고 독서토론 동아리에 가입하는 데 1,000자가 넘는 자소서를 요구하는가. 고등학교 2학년이 어떤 기준으로 고등학교 1학년생의 자소서를 심사하겠다는 것인지. 나를 뭐라고 소개할지 막막했다. '저는 ○○중학교를 졸업했고 2남 중 맏이로 태어난 김웅준입니다…' 정도밖에 도저히 생각나지 않았다.

같이 지원하기로 했던 친구는 옆에 앉아 거의 눈물 흘릴 지경까지 머리를 쥐어짜다 결국 포기를 선언했다. '정원보다 신청자 수가 많은 모든 곳은 자소서를 요구한다'는 냉엄한 현실을 그때 배웠다.

2014년도에 시험에 최종합격해 공무원이 됐다. 11월이 최종 발표라 불합격을 대비해 그해 하반기 대기업 공채를 준비했다. 여기저기 무차별적으로 자소서를 집어넣었다. 두 번 다시 자소서 따위는 쓰지 않겠다던 고1 때 결심은 냉혹한 취업 시장 앞에 와르르 무너졌다. 혹시 시험에 불합격한다면 어디든 취업해 다닐 계획이었다. '저는 ○○대학을 졸업했고, 학부 시절에 축구 동아리와 야구 동아리를 했습니다…' 정도만 떠오르다니. 10년 전과 달라진 게 없었다. 지나온 과거가 초라하고 안타까워졌다.

나만 그런 건지, 자기소개서는 쓰면 쓸수록 거짓말을 하게 됐다. 어떤 거짓말을 했는지 설명하려면 우선 내가 썼던 자기소개서부터 소개해야 할 것 같다. 요약하자면 이러하다.

제 키는 169센티미터입니다. 그래서 '깔창'의 유혹이 벼락처럼 강렬했습니다. 대학에 입학하며 깔창을 사용하기 시작했습니다. 멋진 사람이 되었다는 생각이 들었지만 한편으로는 알 수 없는 헛헛함이 있었습니다. 신발을 벗어야 하는 식당에 들어가기를 꺼리게 되고, 왠지 모르게 사람들이 나의 신발을 쳐다보는 것 같았습니다. 3년이 지난 어느 날, 깔창을 사용한 것에 대한 경고는 분명하게 나타났습니다. 무릎에 통증이 오기 시작하더니 이내 허리마저 아팠습니다. 꼬박 3개월을 앓았습니다. 몸이 아픈 것보다 부끄러움이 컸습니다. 아픔 이후, 깔창을 버렸습니다. 붕 떴던 삶이 지면에 고정되자 몸이 먼저 편했고, 마음도 후련했습니다. 헛헛함도 사라졌습니다. 있는 그대로의 모습으로 사는 것에 대한 유쾌함을 터득했습니다. 이 일을 계기로 저는 겉모습에 관심 기울이기보다는 가능한 한 자신의 존재감만으로 살아내는 사람이 되었습니다.

스펙이랄 게 없으니 내 작은 키라도 공개했다. 혹시나 채용 담당자의 경계심을 허물 수 있을까 싶어 일단 나부터 발가벗었다. 여기까지는 진실이지만 그다음부터는 과장을 보탰다. 한 달 정도 허리가 쑤시다 말았을 뿐인데 쓰다 보니 3개월을 앓은 사람이 됐고, 깔창을 아주 버린 것처럼 썼지만 아직도 목이 있는 컨버스 운동화에는 약간의 깔창을(너무 밑창이 없어도 허리가 아프니까요…) 사용한다. 게다가 여전히 내가 남들에게 어떤 사람으로 보일지 신경 쓰고 있으니 자신의 존재감만으로 살기에는 역부족인 사람이다.

'제 키는 169센티미터입니다'로 시작했던 내 자소서에 증명이 가능한 정보라고는 오직 키가 169센티미터(심지어 잘 자고 일어난 날은 흠… 170센티미터랍니다)라는 내용뿐인데 정말이지 거의 대부분 서류 전형을 통과했다. 학점은 3점을 갓 넘는 수준인 데다 그 흔한 인턴이나 어학연수 경험조차 전무한데 말이다. **이럴 줄 알았으면 공무원 시험 안 쳤을 텐데요. 저는 자소서를 피해 공무원 시험을 치게 된 사람인데요.**

글쓰기를 멀리하며 살지는 않았으니 어떻게든 써내라고 하면 짧게라도 자소서를 쓸 수는 있다. 절대 쉬운 일은 아니지만 '언젠가 소설가가 되면 좋겠다'는 꿈을 꾸는 사람이라 이야기를 지어내는 일이 그리 어렵지 않다. 단, 내 이야기가 아닐 때 말이다. 나를 글로 표현한다는 건 겁이 나는 일이다. 머릿속을 떠돌던 생각이 글자라는 형체로 변화되는 순간 반드시 솔직해야만 할 것 같아서다. 하지만 자소서란 진짜 열심히 써도 떨어지고, 정답도 없고, 왜 떨어진지도 모르고, 아무 목적도 없이 마구 집어넣기 위해 쓰는 글이다. 있는 그대로 써서는 합격할 도리가 없다. 죄를 짓는 심정으로 50개도 넘게 과장이 가미된 비슷한 글을 찍어내다 보면 나 스스로 내 과거를 부정하는 느낌이 든다. 과거의 내게 미안해진다.

솔직히 말하자면 두려웠다. 취업을 위해 내 지나온 인생 전체를 부정하는 그짓을 해야 할까 봐. 두려움은 대학에 입학하면서부터 시작됐다. 내 찬란한 20대를 오직 자소서에 가두게 될 것만 같았다. 4년이나 학점을 관리하고, 어학연수를 다녀오고, 흥미를 느끼지 못하면서 경제경영학회에 가입하고, 굳이 인턴을 지원하는 그 과정을 도저히 하고 싶지 않았다. 두려움을 피해 어영부영 다른 목적지를 찾다 사이버국가고시센터 홈페이지에 접속하게 됐다.

만약 한 사람의 인생이란 자소서에 담을 수 있는 것이 아니라고 생각하거나, 그보다 실은 자소서에 쓸 만한 스펙이 없어 자신이 없거나, 어찌 됐든 자소서와 면접을 통한 채용 방식에 반항심이 드는 나 같은 인간이라면 당연히 공무원 시험을 볼 것이다. 젊은이들이 오직 정년과 연금이란 직업의 안정성만 바라보고 공무원 시험에 뛰어들지는 않는다. 그리고 보면 요즘처

럼 자소서로 한 인간을 평가하려는 시대가 잘못이다. 그나저나,

자소서 쓰기가 두려운 분이라면 첫 문장부터 발가벗고 시작해보세

요. 채용 담당자가 너그러워지는 모양이니까요.

나를 행복하게 하는 것은

　얼마 전 이사를 했다. 견적을 보러 온 이삿짐센터 팀장님은 우리 집을 둘러보고 "이렇게 짐 없는 집은 처음 봐요"라고 세 번이나 말했다. 나는 (미니멀리스트까진 아니지만) 복잡한 게 싫다. 결혼하고 2년 동안은 그 흔한 소파도 텔레비전도 테이블도 식탁도 없이 텅 빈 공간에서 살았다. 밥도 컴퓨터 책상에서 키보드 치우고 아내와 둘이 앉아 먹고 그랬다. 이번에 원래 살던 집보다 좀 큰 집으로 이사를 가면서 어쩔 수 없이 가구를 하나둘 채워 넣기 시작했다. 내게 가구를 고를 때 가장 중요한 요소는 이 가구가 공간의 심플함을 훼손하진 않을지에 관한 것이다. 어떤 물건이라도 디자인이 간결해야 좋다. 의미 없는 여러 가지보다 호소력 있는 하나가 더 강력한 힘을 발휘한다고 믿는다.

버릴 것은 확실히 버리는 편이다. 그래야 일상이 단순하게 정리되고 하는 일에 집중할 수 있다. 부족한 능력을 극대화하는 나만의 방법이기도 하다. 수능으로 대학을 가기로 했으면 내신은 깔끔히 포기한다. 너무 극단적인 선택 아니냐고 할 수 있지만 진득하니 앉아 공부하지 못하는 나로서는 어쩔 수 없는 선택이다. 기어이 고 3에 올라가면서 내신 성적표에는 '가'를 띄우고 만다. 공부도 비슷한 방식으로 한다. 일단 교과서를 처음 펼치면 외워야 할 내용과 외우지 않아도 될 내용부터 구분한다. 애매하게 양쪽을 기억하기보다는 확실한 한쪽을 택하고 거기에 살을 붙여나가는 식으로 영역을 넓혀야 공부가 효과적으로 이루어진다. 두꺼운 책은 반으로 쪼개서 가볍게 들고 다닌다. 노트 대신 A4용지 5장만 챙겨 부피를 줄인다. 당연히 필통도 거추장스럽다. 샤프 한 자루면 되고 포스트잇은 머리만 복잡해지니 사용하지 않는다. 효율성을 극도로 끌어올려야 하는 상황에선 무조건 간소화, 간소화가 나만의 요령이다.

이런 간소화 전략은 혼자 하는 일에서는 나름 효과를 발휘한다. 나 혼자 결정하고 책임도 내가 지면 되니까 실패에 대한 부담도 적다. 그런데 여럿이 모이게 되면 상황이 달라진다. 사람들이 생각하는 중요한 부분과 중요하지 않은 부분은 서로 같지 않다. 내가 생각했던 지름길이 상대방 입장에서는 돌아가는 길로 여겨질 수 있다. 어떤 한 가지 일을 두고도 목표와 미션이 미세하게 다를 수 있다. 가능한 한 모두를 만족시키려다 보면 심플하자는 전략은 오히려 편협한 결과를 야기할 수 있다. 이 래서 관료 조직이 형식에 치중하고 자꾸 불필요한 일을 만들어 내는 겁니다, 라고 한다면 어느 정도 이해가 된다. 그럼에도 내 가치관의 일부가 무너지는 느낌을 받는 납득하기 어려운 일들 도 경험한다.

특히 황당했던 일 중 하나는 불필요한 일을 줄이자고 TF팀 을 구성하고 회의에 회의를 연속하는 경우다. 여기에서 그치 는 게 아니라 누가 어떤 일을 줄였는지 부서 간 경쟁을 시키고 심지어 평가까지 한다. 평가를 위해 행사를 기획하고 보고서를 쓰고 다음 해에도 같은 일을 반복하는 식이다.

관료 조직은 내부 승진 경쟁이 치열하다. 새로운 일을 만들 어냄으로써 자신을 드러내야 한다. 그래서 사람들이 경쟁적으 로 일만 벌였다가 사람과 자리가 바뀌면 그 일이 사라지는 경 우도 자주 생긴다. 혹은 이름만 바뀌어 비슷한 일이 계속 생겨 나는 현상도 벌어진다. 아무리 모두의 이해관계를 만족시켜야 하는 관료 집단이고, 조직의 미션 아래 일사불란하게 움직여야 하는 집합체라지만 이건 너무하다 싶을 때가 있는 것이다.

수습 공무원 시절 교육원에서 보고서 잘 쓰는 법에 대한 강의를 들었다. 교수는 중언부언하지 말고 핵심을 쓰라고 가르쳤다. '오! 나의 생각과 같군. 역시 보고서는 핵심이지'라며 혼자 손뼉을 쳤다. 그러나 실제 사무실에서 쓰는 보고서는 핵심만으로는 안 통했다. 물론 간부들도 핵심이 들어간 보고서를 요구했다. 그런데 막상 핵심만 간결하게 쓴 보고서를 들고 들어가면 무언가 부족해 보인다고 했다. 참고 1번부터 10번 정도까지 10장은 뒤에 덧대야 보고서가 통과됐다. 몇 번 그런 일을 겪자 어느샌가 분량부터 메우는 데 집중하게 됐다. 그렇게 보고서가 통과되고 나면 자리로 돌아오는 잠깐 사이에 참 많은 생각이 떠올랐다.

'내가 예민한 것일까? 취향이 확고하다는 건 불리하고 불편한 일일까? 서로가 조금만 생각해보면 알 수 있는 일을 왜 비효율적이고 복잡하게 만들고 있을까? 사람들은 알면서도 모르는 척하는 것일까? 이런 고민은 나만 하는 것일까? 조직생활을 참고 견뎌내는 사람들은 나보다 강한 사람들일까? 나의 취향은 지우고 조직의 취향에 맞춰가는 것이 과연 옳은 일일까? 나는 이기적인 사람에 불과한 걸까? 여전히 이런 고민을 하는 나는 미숙한 인간일까? 나의 이런 불완전함이 주변 사람에게 피해를 끼치고 있진 않을까.'

죄송, 너무 심각해져버렸다. 가수 방탄소년단을 '유튜브 시대의 비틀스'로 키워낸 방시혁 대표는 2019년 서울대 졸업식 축사에서 이런 말을 했다. "내가 야심을 품고 차곡차곡 이뤄낸 것으로 보이지만 사실 아니다. 내가 어떻게 음악을 직업으로 삼고, JYP 엔터테인먼트를 나와 빅히트 엔터테인먼트를 설립했는지 기억나지 않는다. 특별한 꿈을 꾸지 않았다. 꿈은 없지만 오늘의 나를 만든 에너지의 근원이 뭔지 곰곰이 생각해보니 불만과 분노였다"라고. 자신이 설립한 회사를 통해 사회에 좋은 영향을 끼칠 때 행복을 느낀다며, 세상에 대한 불만과 분노가 동력이 되어 변화를 이끌었고 이는 행복으로 되돌아왔다고 덧붙였다.

따지고 보면 나의 경우도 직업을 통해 사회에 긍정적인 기여를 할 수 있으니 감사할 일이다. 불만이 있지만 맡은 일에 충실하다 보면 결국 이 직업이 나와 행복을 이어줄 거란 막연한 기대도 한다. 언젠가 지방 오지로 출장을 간 적이 있다. 꼭 가야 하는 출장은 아니었다. 왜 그런 출장 있지 않은가. 이미 암묵적으로 결론은 다 정해진 상황인데 굳이 형식적으로 현장을 다녀오는 경우 말이다. 소위 말하는 면피용 출장이었다. 사무실에 내업도 잔뜩 쌓여 있는데 현장을 확인하고 오라기에 "휴, 오늘도 형식적인 하루가 되겠군" 투덜거리며 억지로 다녀왔을 뿐이다. 마을회관 앞까지 우리 일행을 마중 나온 현장의 할아버님은 내 명함을 받자마자 국가공무원은 처음 본다며 나라에서 자신이 하는 일에 관심을 가져준 것만으로도 고맙다고 인사를 했다. 투덜대며 왔으니 과분한 환영을 받을 자격이 없었다. 오늘은 퇴근이 늦어지겠다며 걱정이나 하고 왔다. 누군가에게는 감격스런 하루가 될 수 있는데 말이다. 의미 없다고 여겨지는 일 중에도 호소력 있는 하나가 숨어 있을지 모른다는 사실을 깨달았다. 정신이 번쩍 들었다.

심플하게 꾸민 거실은 여전히 퇴근하고 집에 들어서는 내게 행복감을 주는 중요한 요소다. 거실 한구석에 놓아둔 액자, 창밖으로 보이는 야경, 행복한 추억을 떠올리게 하는 결혼사진, 내가 아끼는 화분과 나무 그리고 고요함까지, 모든 것이 완벽한 곳이다. 푹 쉬었으니, '음, 내일은 하루쯤 복잡한 사무실에 다녀와도 되겠어' 하는 생각이 든다. 혹시 숨은 보석을 발견하는 하루가 될 수 있다. 그동안 수많은 이유들로 행복하지 않은 것들만 떠올리지는 않았는지.

결혼생활이 나를 되돌아보게 한다

결혼을 안 해본 사람들은 알겠지만, 결혼한 사람들은 자기 결혼생활에 대해 일반론을 펼치길 좋아한다. 당신이 결혼하지 않은 사람이라면 굳이 그런 말에 귀 기울이지 않아도 될 것 같다. 비슷한 결혼생활은 있어도 똑같은 결혼생활은 존재할 수 없기 때문이다. 그만큼 스펙터클하다는 뜻도 되고, 일반론이 들어맞지 않는 영역이라는 뜻이기도 하다. 예컨대, '돈을 모으고 결혼해야 한다'고 하는데 내 경험으로는 오히려 결혼하고 돈이 모였다. 날카로운 감시자의 등장으로 지출이 확 줄었다. '결혼하면 여자가 예민해진다'고도 한다. 하지만 내 경우에는 틀린 말이다. 아내는 연애 시절보다 더 무뎌지는 것 같다. 내가 하수구에 있는 여자 머리카락을 빼내며 속으로 온갖 험한 말을 하게 될 줄은 몰랐다. 분명히 머리를 감고 나면 머리카락 때문에 물이 막힐 텐데 아내는 항상 물이 잘 흘러 내려간다고만 한다. 청소는 불편함을 느끼는 사람 몫이다.

싸우고 나서 해결하는 방법도 각 가정마다 다를 것이다. 연역적으로 풀 수는 없고 결국 사례가 쌓여 귀납적으로 문제 해결법을 발견하게 된다. 우리도 셀 수 없을 만큼 사소한 이유로 다투곤 하는데 그 자리에서 문제를 풀려고 덤비다간 싸움이 확전되는 경향이 있다. 둘 다 5분만 서로 얼굴을 안 보면 쉽게 풀리는 성격이다. 나는 방에 들어가 컴퓨터를 하고 아내는 침대에 누워 스마트폰을 한다. 그러다 "뭐 해?" 하며 방문을 기웃거리면 언제 싸웠냐는 듯 이거 같이 보자고 한다. 이렇게도 해보고 저렇게도 시도해봤는데 결과적으로는 잠시 시간을 갖는 편이 가장 잘 통했다.

결혼하고 내가 조금씩 변하고 있다. 아니, 변한다기보다 몇 번만 싸워보니 내가 얼마나 고집스런 사람인지 깨닫게 됐다. 심지어 미숙하고 이기적인 인간이더라. 이게 다 20대가 지나자마자 결혼한 덕분이다. 누군가와 함께 살며 나를 객관적으로 보기 시작했고, 서로 맞춰가는 일의 가치를 조금씩 알게 됐다.

혼자 있길 좋아하고 고집스런 내가 폐쇄적이고 딱딱하기로 유명한 관료 세계 속에 살고 있다는 사실이 가끔은 우스꽝스럽게 느껴지기도 한다. 한편으론 이곳에서 내가 너무 개인의 행복에만 집착했다는 생각도 든다. 누구에게나 직장생활은 처음이고 처음엔 이런저런 감정을 따져보겠지만, 돌아보면 처음이라 괴로운 일일 수 있는데 말이다. 사랑하는 사람과 한공간에서 사는 일조차 노력을 필요로 하는 일인 걸 보면 처음 만난 사람들과 복잡한 이해관계로 얽혀 지내는 곳에선 더 큰 노력이 전제되어야 마땅하다.

결혼생활을 통해 배웠다. 타인과의 차이가 나의 자아를 형성하는 데 도움을 준다. 타인과 한공간에서 지내며 경험하는 상처는 성장하기 위해 어느 정도 견뎌야 하는 일임을 조금씩 깨닫고 있다. 정말 그럴지 아닐지 모르겠으나, 회사생활을 통해 내가 배워야 하는 것도 당연히 존재하지 않을까.

고립은 양날의 검과 같다. 혼자 있으면 나를 지킬 수 있지만 그 시간이 너무 길어져 나 스스로를 옭아매기도 한다. 자칫 스스로를 위험한 상황에 몰아넣을 수 있다. 결혼 후에는 혼자 나를 갉아먹을 일은 사라졌다. 문제의 원인을 외부가 아닌 내 안

에서 찾는 연습도 한다. 원망할 시간에 나 자신을 단련하는 쪽
으로 말이다. 맘에 안 드는 일만 생기면 혼자 있고 싶다며 고립
을 자처하는 사람에게 누가 호의를 먼저 베풀어주겠는가.

그러고 보면 나는 오늘도 메신저로 회사 욕하기 바빴던 것
같다. 내가 누굴 욕해. 6시 땡하면 저녁 회식을 피해 슬금슬금
짐부터 싸고, 과연 월급 받는 만큼 성실하게 의무를 다했냐고
스스로에게 묻는다면 자신 있게 "네"라고 답하지도 못할 거면
서. 나를 먼저 돌아봐야겠다고 생각하고 나란 인간을 파고들어
가 보면 심심찮게 미흡한 점이 보인다. 사실 너 오늘 업무시간
에 커피 마신다고 지하에 내려갔다가 15분 넘게 수다 떨고 왔
잖아? 지난주엔 교육시간에 지루하다고 책상 밑으로 스마트폰
켜고 프리미어리그 축구 하이라이트 봤잖아? 친절한 금자씨
가 나타나 "너나 잘하세요"라고 내게 따끔히 말해줘야 할 것만
같다.

인간은 언제나 세상을 자기중심적으로 파악한다. 그래서
본인의 한계를 깨닫기 어렵다. 스위스의 심리학자 카를 융^{Carl}
^{Gustav Jung}은 상대방에게 화가 나는 그 부분이 바로 나 자신을

이해하게 해주는 지점이라고 했다. 아내와 몇 번의 치열한 싸움을 거치면 어떤 부분에서는 내가 제정신이 아니거나 정상이 아님을 어렵지 않게 알게 된다. 이기심이 맞부딪치는 한공간에서 타인과 살아보는 경험이야말로 스스로의 바닥을 들여다볼 수 있는 좋은 기회가 된다. 이런 과정이 반복될 때 점진적으로 인간은 사회성을 갖추며 성장해간다고 믿는다. 아내에게 고맙다고 말해야 할 것 같다. 그렇다면 지금 사무실에도.

1인 사회적 기업의 대표 해보길 잘했다

잠시였지만 1인 사회적 기업의 대표였다. 서울시 금천세무서에 사업자 등록도 했다. 대학 3학년 겨울방학 때의 일이다. 친구의 도움을 받아 앱을 개발하고 운영했다. 어떤 앱이었는지 일간지에 소개된 기사를 인용하자면 다음과 같다.

이번에 소개할 파파포스트는 언론사들 중 진보/보수 성향으로 대표되는 4개의 언론사 뉴스를 편집해 보여주고 있습니다. 기존의 이러한 앱들의 특징은 대부분이 봇을 이용해 이슈를 뽑아내고 사용자들에게 제공하는 것이었습니다. 하지만 파파포스트는 매일 아침 발매된 조간을 편집해 노출하고 있습니다.

새벽 3시에 일어나 동네 신문보급소에 직접 가서 신문을 떼어오고 그것을 모두 읽은 다음 아침 7시까지 편집하여 앱 상에 노출시키는 작업은 고된 노동이었다. 몇 시에 잠자리에 들든 신문이 발간되지 않는 일요일을 제외하면 새벽 3시에는 반드시 일어나야 했다. 어린 시절부터 나는 보수 신문과 진보 신문의 각 편협함에 불만이 있었다. 내 힘으로 사람들에게 균형 잡힌 뉴스를 보급하겠다는 원대한 계획을 세웠다. 당장의 수익 모델은 염두에 두지 않았다. 그저 하는 데까지 해보고 싶었다. 매일 아침 일어나는 희생쯤은 감수하겠다는 각오였다. 당시만 해도 뉴스 큐레이팅 앱이 드물어서 다운로드 수는 순조롭게 늘어났다. 주위 사람들은 한두 달 하다 말 거라 생각했지만 1년 가까이 쉬지 않고 했다. 나의 몇 안 되는 장점 중 하나가 포기할 때 하더라도 내가 납득하는 수준까지는 꾸준히 하는 것이다.

물론 깜빡 늦잠을 잔 날도 생겼다. 그런 날은 왜 오늘은 발행이 늦느냐는 독촉 댓글에 시달렸다. 나는 전문 프로그래머가 아니니 앱에 문제가 생길 때마다 따로 공부를 하거나 친구의 도움을 받아야 했다. 발행 시각은 아침 7시였다. 사람들이 출근하거나 등교하는 시간에 맞췄다. 아침 6시가 넘으면 초조함에 시달렸고, 당연히 하루 종일 피곤과 싸워야 했다. 하지만 혼자 자취방에서 기획하고 생각하고 생산물을 만드는 작업이 즐거웠다. 다운로드 수가 수만에 이르고 사람들로부터 좋은 앱이라는 칭찬도 들으며 힘을 냈다. 안타깝게도 졸업이 다가오면서 당장은 먹고살아야 하는 문제가 눈앞에 닥쳤다. 더 지속하지 못하고 후배들에게 역할을 물려준 채 관두게 됐지만 내 스스로도 이 정도면 '수고했다'는 생각이 들 만큼 끈질긴 1년이었다.

혼자서 하는 일은 1년 365일 하루 빼고 새벽 3시에 일어날 정도로 꽤 오랜 시간 해낼 수 있다. 다시 한번 말하지만 나는 차라리 혼자서 작은 가게라도 운영하는 편이 어울리는 사람이다. 그런데 조직생활을 하고 있다. 버티려면 노력을 쏟아야만 한다. 아무 생각 없이 살다간 언젠가 막다른 골목에서 한계에 부딪치리라는 것을 새삼스럽게 인식한다. 그러니까 나를 단련하고 근소하게라도 강화하게 된다. 피곤한 인생이지만 그렇다. '체력이라도 좋아지면 출퇴근시간이 조금 더 편해지겠지'란 마음에 꾸역꾸역 운동을 한다. '삶의 새로운 원동력을 발견하면 좋겠지' 싶어 시간을 쪼개 글을 쓴다. 퇴근하고 관계에서 오는 즐거움을 찾기 위해 사랑하는 가족과 함께 시간을 보내려 더 애쓴다. 그 결과 한편에서는 건강한 마음과 몸을 가진 채 행복하게 살아가고 있는 내 자신과 마주하기도 한다.

이 책을 집어든 동료 공무원 중에는 '나도 정말 이 공무원 조직이 나와 안 맞는 것 같은데…'라는 고민을 가진 분도 있을 것이다. 그러나 가만 생각해보면 그 덕분에 잘 풀린 일도 있지 않을까? 불만이 장기적으로는 강한 에너지가 되어 긍정적인 방향으로 나를 이끌어주기도 한다. 인간으로 태어나 하고 싶은 일만 하며 살 수는 없을 것이다. 그것은 틀림없는 사실이다. 그러나 불만을 어떻게 받아들이고 활용하느냐에 따라 시간을 견디는 방법은 달라질 수 있고 이것을 결정하는 선택권도 결국 개인이 가졌다.

내게는 공무원이 되기 전 혼자 했던 파파포스트 일들이 도움이 되고 있다. '오늘 정말 출근하기 싫다!'는 생각이 들 때 나는 항상 나에게 충고를 한다.

'너는 지금 새벽 3시에 일어나지는 않는다. 네가 가끔 휴가를 써도 네 주위에는 빈자리를 메워줄 동료들이 있다. 혼자 매일 새벽 3시에 일어나 휴가도 못 간 채 일해야 하는 고통에 비하면 현재의 삶이 낫지 않은가. 월급이 들어오고 덕분에 가족

과 함께 외식도 하고 가끔 바다로 여행도 떠나는 삶은 기적에 가깝지 않은가.'

그런 따끔한 충고를 스스로에게 날리다 보면 조금은 더 회사 다닐 힘을 얻는다. '그렇지. 그런 고마움을 모른 척한다면 염치가 없는 거야'라고 의지를 다잡게 된다.

매일매일 꾸준히 하는 일들에는 의미가 있다. 차곡차곡 쌓이다 보면 동시에 나의 자아가 안정되어감을 체감한다. 대중교통으로 한 시간씩 출근하는 일이 아무 의미 없어 보이지만 이조차 견디다 보면 하루를 차곡차곡 쌓는 데 도움이 된다. 삶의 기본은 '살아내는 것'이기 때문이다. 사는 방법이나 모양은 모두가 달라도 결국 산다는 것은 의식이 무너지지 않도록 지켜내는 일인지 모른다. 가끔 훅하고 치고 들어오는 정신적 아픔이나 어두운 고통도 무언가 꾸준히 하고 있는 중에는 이겨낼 힘을 찾게 된다. 매일매일 하는 무엇이란 어떤 대단한 행위를 의미하지는 않는다. 오늘 아무 일이라도 어제 하던 무엇을 하고 있으면 된다.

아 참! 《아무튼, 계속》의 저자 김교석은 항상성을 유지하는 이유를 다음과 같이 말했다. '혼자만의 외딴섬이 되고 싶다거나 경주마처럼 눈을 가리고 내 앞길만 보고 살자는 생각 때문이 아니다. 매일매일 하루하루를 늘 똑같이 보내려고 노력하는 것은 주변의 소중한 사람들이 늘 그 자리에 있길 바라는, 내 나름의 시간을 흘려보내는 방식이다'라고.

당신에게 소중한 사람은 누구인지. 그리고 나름의 시간을 흘려보내는 방식은 무엇인지 궁금하다. 매일 출근에 성공하는 힘의 출처도.

최고가 되는 삶이 최선일까

"어떤 사람을 존경하세요?"라는 질문에 "성공한 사람을 존경합니다"라고 답할 사람은 잘 없을 것 같다. 성공을 위해 모두가 달릴 뿐이지. 나도 그렇고 사람들도 그렇고. 잘 먹고 잘 소비하며 살고 싶으니까. 아무렴 어때.

서머싯 몸이 쓴 《달과 6펜스》에 내가 좋아하는 구절이 있다.

자기가 바라는 일을 한다는 것, 자기가 좋아하는 조건에서 마음 편히 산다는 것, 그것이 인생을 망치는 일일까? 그리고 연수입 일만 파운드에 예쁜 아내를 얻은 저명한 외과의사가 되는 것이 성공인 것일까? 그것은 인생에 부여하는 의미, 사회로부터 받아들이는 요구, 그리고 개인의 권리를 어떻게 생각하느냐에 따라 저마다 다를 것이다.

우리 주변에는 삶의 목표를 어떤 분야에서 최고가 되는 것에
두는 사람들이 있다. 그들은 스스로 개인적인 여가시간을 거의
소멸시킨다. 가족도 챙겨가며 그 분야의 최고가 되기는 우리나
라에서 아직 불가능에 가깝다. 성공한 사람들은 예외 없이 워
커홀릭인 데다가, 취미도 인간관계도 일에 도움이 되는 방향으
로 일치시킨다.

성공을 좇는 사람들은 그들 나름대로 스트레스를 견뎌낸다.
일에 시달려서 힘들고, 직장 내의 인간관계로 인해 괴로울 수
있다. 하지만 그들은 남에게 인정받고, 남을 이기는 자체로 더
큰 행복감을 느낀다. 사람이 사람을 이긴다는 표현 자체가 적
절한지를 떠나, 경쟁에서 지고 싶지 않은 인간의 본성을 인정
할 필요가 있다. 경쟁사회라면 뒤처지기보다는 앞서가는 편이
당연히 나을지 모른다.

물론 다른 한편에는 경쟁을 좋아하는 줄 알았는데 대학에 들
어와 보니, 혹은 취업하고 일을 시작해보니 적당히 여유로운
삶이 자기 적성에 어울린다고 생각하는 사람들이 있다 그동안
지속되어온 경쟁에 지치기도 했다. 가족으로부터, 혹은 여가
시간으로부터 행복을 찾고 싶어 한다.

일류 대학에 입학한다고 다 성공하는 건 아니다. 실패하는 사람도 있다. 고시에 합격한 후에도 계속 담금질하는 사람이 있는 반면 그 동력을 상실하는 사람도 있다. 명문대를 나왔다고 다 성공하는 것도, 시험에 합격하거나 대기업에 취업했다고 모두가 임원이 되는 것도 아니다. 한 번 성취를 경험했던 사람에게 다음번 성취는 더 쉬울 것 같지만 꼭 그렇지만도 않다. 도대체 왜 그럴까. 성취를 위한 의욕의 총량은 어쩌면 정해져 있는지 모르겠다. 한번 소진하면 다시 충전이 필요하거나 그렇지 않다면 소진된 상태로 살게 된다. 성취가 또 다른 성취를 담보하기도 하지만 성취를 위한 동력은 어느 시점 어느 단계에서나 상실될 수 있다. 아무 생각 없이 성공만을 위해 살아왔다면 그 동력이 사라졌을 때 혼란에 빠질 위험이 높아 보인다. 극복 방법을 알지 못한다면 삶은 방향을 잃고 휘청거릴 것이다.

하나의 성취 후에 모든 감정과 환경과 생각이 제로베이스로 리셋되는 경험을 너무 자주 했다. 목표점이었던 자리가 시작점으로 바뀐 순간 방황이 찾아오는 경험 말이다. 취업하기 전에는 취업만 하면 모든 것이 해결될 것 같지만 막상 좋은 직장에 다니기 시작하면 그 자리가 다시 출발점이 되고 주변에는 새로운 경쟁자들이 등장한다. 도착점이 시작점이 되는 현상이 반복되는 것이다. 그러다 보면 지치기 마련이다. 나는 다소 지쳤는지도 모르겠다.

　물론 최고가 되기 위해 하루하루를 있는 힘껏 살아가는 삶이 행복한지, 잠시 멈춰 개인의 시간을 축적하는 삶이 행복한지 정답은 없다고 생각한다. 목적이야 어떻든 하루하루 최선의 노력을 다하는 그 성실함 자체에 이의를 제기할 수 있는 사람은 없다. 다만 양쪽을 모두 경험해보는 편도 나쁘지 않을 것이다. 어떤 것이 자신에게 어울리는지 발견할 수 있고, 어느 한쪽을 선택함으로 인해 필연적으로 포기하는 가치에 대해 후회나 아쉬움도 덜하지 않을까. 누군가를 꺾고 최고가 되는 일이 삶의 최대 목적이 된다면 불행할 수 있다. 끊임없이 나보다 위에 있는 사람과 자신을 비교하기 때문이다. 반대로 가슴 뛰는 일을 찾겠다는 환상에 빠져 현재의 평범한 상황을 부정한다고 해서 행복해지지도 않을 것이다. 나태함과 무책임함이 행복을 불러들이는 요소는 아니기 때문이다. 어차피 인생이 영원히 허들을 넘는 장애물 경기라면 내가 멈춰서는 적당한 지점이 결승점이 될 수밖에 없다. 신중히 그곳을 정하는 수밖에.

사람들은 저마다 자기만의 사전을 마음속에 간직하고 산다. 내게도 그런 사전이 있는데, 어느 순간부터 행복, 하루, 가족, 하늘, 이런 수준에서 단어가 더 늘지를 않는다. 나는 이제 몇 개 없는 단어로도 충분히 잘 살 수 있을 것 같다.

대체 무엇이 선이고 무엇이 악이기에

내가 의도적으로 피하는 게 한 가지 있다. '거창한 단어에 대해 깊이 생각하기'다. 거창하게 표현되는 것들이 중요하지 않거나, 의미가 없다는 건 아니다. 그냥 이별 직후에 '사랑'이란 단어를 깊이 떠올리거나, 괴로울 때 '삶의 본질'에 대해 고민할수록 삶이 구렁텅이로 빨려들어가는 경험을 너무 자주 해서다. 차라리 잠을 자거나 맛있는 음식을 먹는 편이 회복에 빨랐다. 그래서 괴롭고 우울한 날은 본질에 관해 질문하지 않는다. 그럼 사랑, 정의, 선악, 이런 단어들을 아주 외면하겠다고? 그건 아니다. 기분이 좋거나 날씨가 화창한 날 생각한다. 컨디션이 안 좋을 때 거창한 생각을 하면 생각이 안 좋은 쪽으로 흘러가고 좋은 날은 좋은 쪽으로 결론이 날 확률이 높기 때문이다. 오늘은 왠지 기분이 좋은 날이군요.

A는 한마디로 회사에서 잘나가는 사람이다. A와 한배를 탄다면 이 약육강식의 조직사회에서 쉽게 살아남을 수 있을 것 같다. 주변 사람들이 그런 기대를 품게 할 만큼 A는 조직에서 인정받고 승승장구하는 중이다. 항상 친근하게 다가오지만 그의 눈빛에는 '나의 부탁을 거절할 수 없을걸'이라는 자신감이 배어 있다. 오랜 시간 피라미드의 정점에 머물렀던 인간만이 가질 수 있는 눈빛이다. 사람들은 가끔 삼삼오오 모여 A를 험담하다가도 결정적인 순간에는 모두 그의 편이 된다.

B는 눈에 잘 띄지 않는 평범한 사람이다. 관계에 주도권이 있다면 그는 언제나 상대방에게 양보하는 편이다. 공로를 주변에 돌리는 것도 모자라 간혹 실수도 끌어안는다. 그를 아끼는 주변 사람들은 좀 이기적으로 행동하라고 조언하지만 그는 조금 손해 보는 편이 낫다고 생각하는 것 같다. 주인 없는 일을 떠안고 끙끙대느라 간혹 자기 할 일을 놓칠 때도 있다. 그렇다고 주변에 피해를 입힐 정도는 아니다. 그럼에도 그는 한 발짝 늦는 이미지라 승진 심사에서 매번 밀린다. 같은 해 입사한 동기보다 도대체 몇 년이나 승진이 밀렸는지 이제는 헤아릴 수조차 없는 지경이다. 사람들은 B는 좋은 사람이라고 입이 닳도록 칭찬하지만 결정적인 이해관계가 걸리면 B의 편에 서지 않는

다. B는 악한 사람인 걸까.

분명히 나는 어렸을 때 남을 배려하는 사람이 선한 사람이라고 배웠다. 어린 시절 읽었던 거의 모든 책은 자기 자신보다 남을 먼저 생각했던 사람이 결국 성공하며 끝났다. 교과서는 선과 악을 쉽게 구분해줬다. 그런데 직장생활을 시작한 지 4년이 흐른 지금, 나는 모르겠다. 지금 내가 A와 B 중 누구 한 명의 삶을 선택해 대신 살아야 한다고 상상해봤다. 어쩔 수 없다는 변명을 남긴 채 A를 고를 것 같다.

물론, 굳이 A와 B 중 더 선한 사람이 누구냐고 묻는다면 나는 "B가 선한 사람"이라고 답할 것이다. B는 남을 조종하려 들지도 않고, 득실을 따져 사람을 사귀지도 않는다. 좀 굼뜨고 수동적이지만 나쁜 사람이 아니다. 그러나 현실에서 직장 상사가 인정하고 부하들이 따르는 사람은 A다. 실제로 행정학 교과서에서 배운 이상형의 관료 역시 인간의 온정은 인정하지 않은 채 직업인으로서 맡은 일을 냉정하고 합리적으로 수행하는 사람이다. 그래서 혼란스럽다.

초등학교를 졸업하기 전까지만 해도 만화책을 많이 읽었다.

다니던 학원 근처에 만화방이 있어서 학원 가는 길에 꼭 5권 정도 빌려 가방에 넣고 다녔다. 그 당시 유행했던 《짱》《원피스》《4번 타자 왕종훈》부터 만화방 구석에 꽂힌 책들까지 벽 한 면을 전부 읽었던 기억이 난다. 만화에는 항상 스토리를 끌고 가는 주인공이 있었다. 그와 함께 울고 웃으며 만화 속 세상을 누빌 수 있어서 행복했다. 나를 감동시키고 그때그때 롤모델이 되어주었던 만화책 속 주인공들은 99퍼센트가 정의롭고, 의리 있고, 사람을 소중히 생각했다. 드러내놓고 자긴 1등이 되겠다는 인물보다 하루하루 성실히 살다 보니 어느 순간 1등이 되어가는 주인공의 모습에 마음을 빼앗겼다.

사회라는 곳은 만화 속 세상과 많이 달라 보인다. 단순할 줄 알았는데 상처받기도 쉽고 일단 복잡하다. 만화책에서 쉽게 읽던 꿈과 희망이라는 단어도 현실을 살다 보면 잊게 된다. 나는 분명 만화책 속 주인공이 되겠다고 다짐하며 어린 시절을 보냈는데 흔들린다. 문득 B도 어린 시절 만화책을 좋아했을 거란 생각이 들었다. 내가 만화책에 흥미를 잃은 건 만화 속 세상과 현실이 많이 다름을 은연중 깨달았기 때문이다. 하지만 B는 만화 속 세상에서 다짐한 자신만의 약속을 여전히 지키고 있는 중인지 모른다.

나는 직감이나 촉이 대단히 뛰어난 사람은 아니다. 하지만 그래도 가끔 '이렇게 계속 살면 안 되겠는걸' 하고 느끼는 순간이 있다. 음, 삶의 방향을 바꾸는 편이 좋겠어,라고. 요즘이 그렇다. 처음 입사했을 땐 티 내지 않고 묵묵히 내 할 일을 하는 게 도리라고 생각했다. 주변이 도움을 청하면 손해 보더라도 일을 나누어 가져야 하는 거라고 여겼다. 그런데 상사 옆에 착 붙어 한마디라도 더 하는 사람이 인정받고, 맘이 약해져 일을 나누어 갖다 오히려 엄한 일까지 뒤집어쓰는 경험을 몇 번 했다. 괜히 싸움에 끼어들었다가 가해자로 둔갑하는 경우가 조직에서는 자주 일어났다. 체념이라는 단어를 극도로 싫어하는데 내가 체념이란 걸 하고 있다. 이것이 얼마나 오래갈 체념인지 불확실하지만 체념으로부터 뭔가 얻는 게 있기나 할까. 이래서는 안 된다.

신념은 생기기도 하고 무너지기도 한다. '도대체 무엇이 선이고 무엇이 악이라는 거야!' 헷갈리는 문제다. 선과 악을 한마디로 정의하기는 어렵다. 하지만 나는 어린 시절 비록 회색빛 종이에 까맣게 인쇄된 그림일 뿐이라도 만화책 속 주인공에게 느낀 감동을 기억하고 있다. 조금은 손해 보더라도 양보하고, 좌절을 웃음으로 극복하며 선한 기운으로 주변을 변화시키는 그들. 더디더라도 스스로에게 감동할 수 있는 삶을 살고 싶다. 선한 사람의 반대말은 악한 사람이 아니라 스스로를 속이는 사람이라고, 어느 만화에선가 주인공은 말했었다.

공익을 말할 때 내가 하고 싶은 이야기

단순하게 생각하길 좋아하는 나는 공익을 '최대 다수의 최대 행복'이라고 정의했었다. '다수가 행복하면 되는 거지'라며 편하게 생각하고 넘어갔는데, 이제 와 생각해보면 참 뻔뻔스런 태도였다.

농촌경제 활성화를 위해 정부가 기존 규제를 크게 허물었다고 하자. 도시에서 넘어온 사업가는 건물을 짓고 환경을 훼손해간다. 다행히 사업이 성공하여 그 지역의 외국인 노동자를 고용하고 일자리를 창출했지만 실질적으로 토박이들이 얻은 혜택은 없다. 오히려 기존의 공동체가 흔들리고 삶의 터전이 침해 받았다고 생각한다. 과연 규제완화를 통해 공익을 달성했다고 평가할 수 있을까. 국가가 펼치는 정책은 거의 대부분 대립되는 이해집단을 야기한다. 국방이나 치안처럼 국민 전체가 골고루 수혜를 입는 정책은 소수에 불과하다. 고등학교 앞에 길을 내는 일조차 누군가는 반대하고 나선다. 고등학교 앞길은 학생들의 등하교를 위해 당연히 필요하다. 그럼에도 살던 집이나 가게를 허물어야 하는 주민은 반발할 수밖에 없고, 주민들끼리도 길을 어떤 방향으로 낼지 갈등하게 된다. 어느 쪽이 공익에 부합하는지 한마디로 정의할 수 없는 상황에서 공무원들은 일한다. 실제로 행정학자인 슈버트^{Schubert}는 공익을 정의하려는 시도 자체가 모래 위에 성을 짓는 일과 같다고 했다.

우리는 쉽게 평등, 공정, 정의 등을 이야기하지만 현실은 딱 들어맞게 돌아가지 않는다. 완벽히 정의롭거나 완벽히 평등한 상태는 독재국가에서나 가능한 일이다. 사실 음주운전을 가장 효율적으로 제어하는 방법은 따로 있다. 알코올 수치가 조금이라도 측정된 사람은 모두 감옥에 구속하여놓고 최소 1년씩 형량을 부과하면 된다. 아마 획기적으로 음주운전이 감소할 것이다. 그러나 이러한 무차별적 음주 근절 방안은 위법행위와 처벌의 강도가 비례한가에 대한 문제를 촉발하므로 당연히 현실화되기 어렵다.

그러고 보면 공익은 실체가 없어 보인다. 국가는 학교, 도로,

병원, 아파트, 공공시설, 항구, 공원 등으로 구성되지만 또 그 이상의 어떤 전체이기도 하다. 어떤 행정학자들은 국가라는 공동체가 하나의 유기체로서 욕구와 의지를 지니고 있다고 가정하기도 한다. 물론 국가가 인간만큼 어떤 유기성을 지닐 수 없겠지만 구성원 간의 역할에 따라 일체성과 응집성 정도는 달라질 수 있다. 공익이란 가치 역시 어떤 하나로 특정될 수는 없고 상호작용 속에 탄생한다.

공무원으로서의 4년이란 시간이 내게 준 선물이 있다. 사회를 전과는 다른 더 큰 맥락에서 바라보게 되었다는 점이다. 일의 결과만 보지 말고 어떤 조건이 더해지고 덜어지는지 과정에 집중해야 개인의 개별적 삶이 고려될 수 있기 마련이다. 모든 일에는 사람의 이해와 욕망이 중첩되고 교차되어 있다. 그래서 공익을 하나의 절대적인 가치로 생각하지 않게 됐다. 가끔 '국민을 위해서'라는 말을 함부로 남용하거나 '공익'에 대해 한마디로 정의하며 일을 밀어붙이는 동료와 상사를 경계하게 된다.

나는 공익이 무엇인지 정확히 이야기할 수 없어도 무엇이 공익 실현을 저해하는지 가려낼 수 있을 것 같다. 정치인으로 대표되는 국회는 관료 사회에 엄청난 영향력을 행사하는데 하루가 멀다 하고 보수와 진보로 나뉘어 이전투구하고 있으니 정책을 수립하기도 집행하기도 어렵다. 승진이 제일 목표인 관료 사회의 기성 조직 문화도 공익 실현에 방해가 된다. 지나친 의전, 충성 경쟁 등으로 손실되는 에너지가 크다. 공무원 조직 내외부로 불필요하게 손실되는 에너지만 줄여도 추상적인 공익에 다가갈 수 있는 구체적 기반이 마련될 것만 같다.

공무원으로 일하는 사람들은 공감하겠지만, 공무원이라고 해서 매 순간 공익을 떠올리며 일하지는 않는다. 대기업을 다닌다고 자신이 매사에 회사의 이익을 위해 일한다고 생각하지 않는 것처럼 말이다. 심지어 어떤 것이 사익인지 공익인지조차 명확히 정의하기 어려울 것이다. 그래도 필연적으로 가끔은 '공익은 무엇일까' 생각하게 된다. 그럴 때 여러분은 무엇을 떠올리시는지?

뜬금없는 이야기지만 내가 살던 대학교 기숙사 앞에는 개운사라는 절이 있었다. 새벽 4시면 종을 쳤는데 멀리서 잠결에 들릴 때마다 경건함을 떠올렸다. 딱히 종교를 갖진 않았지만 종소리는 종교를 떠올리게 했고 왠지 몸과 마음을 정돈해야 할 것만 같았다. 우리들 직업은 '공'무원이다. 어쩐지 '공'소리를 들으면 어렴풋이 공익이 떠오른다. 그렇게라도 공익을 떠올리지 않을 수 없다. 공익을 수호하는 직업인이란 심정으로 오늘도 출근을 한다. **여러분도 공익을 떠올릴 만한 무엇 하나쯤 가져보세요.**

글 써서 좋을 건 없지만 그래도 씁니다

김응준이 간직한 비밀이라면, 김응준은 회사 사람들이 아는 김응준과 회사 사람들이 모르는 김응준으로 나뉜다는 것이다. 1987년생, 2014년에 시험을 합격하고 2015년부터 근무를 시작한 4년 차 공무원 김응준 말고 오로지 김응준만 아는 김응준이 또 있다. 그 김응준은 퇴근하고 글을 쓴다.

글을 써서 공무원생활에 직업적으로 도움될 만한 일은 없다. 오히려 구설에나 오르기 좋다. 공무원 조직에서는 정말 사소한 일이라도 소문이 쉽게 나고 더군다나 확대된다. "자네는 책도 쓰는데 이런 일 정도 못하겠어?"라고 직접적으로 말하는 상사도 있다. 아무튼, 남들은 어떨지 모르나 나는 한 계급씩 승진하는 데 크게 관심이 없다. 나이가 들면서 야심이 사라지고 있는 게 문제다. '도대체 왜 고위공무원이 돼야 하지?'라는 질문을 스스로에게 던지면 아직은 아무 답도 할 수가 없다.

공무원인 내가 SNS에 글을 쓴다거나 내 이름으로 된 책을 낸다고 하면 먼저 접하는 주변 사람의 반응은 걱정 가득한 눈빛이다. 회사 사람들은 차마 묻지 못하는 질문을, 나를 아끼는 사람들은 한다. "회사에서 눈치 안 보여?" 일단 즉답은 피하고 본다.

사실 나는 뭐든 쉽게 질리고 귀찮아하는 사람이라 가끔가다 글을 쓰는 편이었지 꾸준히 쓰는 사람은 아니었다. '만사 귀찮으니 그저 단순하게 살기'가 인생의 모토고, 나름 실천하는 법도 잘 익히는 중이었다. 그런데 어느 날 문득, 퇴근길에 조금만 더 견뎌보자며 나를 다그치기만 하는 내 자신이 한심하게 느껴졌다. 컴퓨터로 예능이나 보고 쉬는 날엔 침대에 누워 잠만 자는 삶을 사랑하긴 하지만 뭐라도 안 하면 삶이 안 좋은 방향으로 흘러갈 것만 같은 묘한 직감을 느꼈다. 그래서 글을 써보기로 결심했다. 권태로 무너지지 않으려면 어린 시절 좋아했던 일을 해보는 게 좋다는 이야기를 어느 책에선가 읽은 적이 있다. 내게는 글쓰기였다. 견디자고 말하는 대신 변해보기로 했다.

밤엔 글을 쓰고 낮엔 공무원생활을 하다 보면 내가 조직 사회에 적응 못 하는 이방인 같다는 생각을 할 때도 많다. 하지만 주로 내게 질문을 던지고 내가 답하는 방식으로 글을 쓰니까 내가 가진 의외의 면을 발견하기도 한다. 그중 하나는 내가 쓰는 이야기들이 결국은 나에서 출발해 나와 가까운 사람, 그다음 가까운 사람, 그다음 다음 사람의 안위를 걱정하는 글이라는 점이다. 비록, 사무실에서 사람과 부딪치며 힘 겨루기를 하다 보면 회의감에 빠질 때도 있다. 그럼에도 언제나 밤이 되면 나는 나를 비롯해 내 주변 사람 모두가 행복하기를 바라는 마음으로 컴퓨터 앞에 앉아 자판을 두드린다.

그래서일까, 글을 쓰다 내 일이 아닌데 비분강개하는 순간들이 있다. 플라스틱 빨대가 거북이 코에서 뽑혀나올 때까지 정부는 무엇을 했는지, 도대체 미래 세대를 생각이나 하는 것인지 분개하고, 복지시설이란 명패만 걸어놓은 다음 이중 삼중으로 보조금을 수령하는 얌체족들을 정부는 알고도 묵인하는 건지, 소녀상 앞에서 시위하는 할머니들을 보며 정부는 초조함을 느끼지 않는지, 미세먼지가 이토록 심해 이민까지 생각할 정도인데 정부는 어떤 실질적인 대책을 내놓는지, 나도 화가 난다.

비록 수십만 공무원 사회의 일개 일원이라도 우리 사회가 직면한 문제를 해결하는 데 도움이 되고 싶다는 생각을 한다.

글을 쓰기 위해 다양한 책을 찾아 읽게 된다. 최근에 김웅 검사가 쓴 《검사내전》의 서문에서 인상적인 이야기를 읽었다. 저자는 일부의 잘못된 검사들로 인해 전체 검사들이 욕먹는 현실이 억울하다며 한 선배를 찾아갔다고 한다. 그 선배는 자신을 대한민국이라는 거대한 여객선의 작은 나사못으로 생각한다고 말해주었다. 나사못은 배가 어디로 가든지 걱정하지 않는다고. 배의 철판 한 귀퉁이를 꽉 물고만 있으면 된다는 것이었다. 나는 훌륭한 나사못이었는지 돌아보게 됐다. 내가 평소에 얼마나 이기적이었는지, 위선적이었는지 반성하게 됐다. 그러고 보면 인간은 언제나 자기 자신이 보편타당하다고 믿는 경향이 있다. 내가 맞고 조직은 나를 불편하게 한다며 내 입장에서만 생각하는 식이다. 나사못이면 나사못답게 자기 역할에나 충실할 것이지 주변 환경 탓만 하는 내가 문득 한심했다.

물론 인간은 역시 쉬이 변하지 않는다. 아니나 다를까, 글을 쓰는 동안 찾은 가장 큰 즐거움이라면 혼자 보내는 시간이 늘어났다는 점이다. 방에 앉아 탐험하듯 책을 읽으며 창의적으로 글을 생산해내는 시간에 행복을 느낀다. 누군가의 간섭도 없고 누군가에게 보고할 필요도 없이 내가 원하는 방식대로 원하는 것을 만들어내는 기쁨이 있다.

583으로 시작하는 계좌는 인세가 들어오는 통장이다. 인세는 3개월에 한 번 들어오는데 올 2분기 인세·지급 내역으로 5천만 원이 찍혔다. 직장에 사표를 쓸까 고민하고 내년 여름휴가지로 하와이를 생각해본다. 물론 그런 일은 절대 벌어지지 않는다. 그래도 최근에 개인적 목표를 세웠다. 꾸준히 써서 노벨문학상에 도전해보는 것이다. 역시 그런 일은 절대 벌어지지 않을 것이다. 다만, 상상만으로 즐겁다. 누워서 5천만 원의 인세와 노벨문학상을 상상하며 잠드니 그럭저럭 완벽한 밤이다.